双葉文庫

道後温泉 湯築屋

暖簾のむこうは神様のお宿でした

田井ノエル

JN210490

暖《の》簾《れん》のむこうは神様のお宿でした

目次
contents

序. 道後温泉『湯築屋』 004

春. 神の美食は郷土の味 025

夏. 堕ちた神と彷徨う鬼 114

秋. 人と神の在り方とは 203

冬. 祭りと宴は神の供物 226

終. 日々のまにまに 303

シロ
稲荷神《いなりのかみ》白夜命《びゃくやのみこと》。
『湯築屋』のオーナー。
道後温泉
湯築屋
湯築《ゆづき》九十九《つくも》
道後の温泉旅館『湯築屋』の若女将。
稲荷神白夜命に仕える巫女で妻。

序. 道後温泉『湯築屋』

1

カランコロン。

古き温泉街に、お宿が一軒ありまして。

元はと言えば傷を癒す神の湯とされた泉——松山道後《まつやまどうご》。

日本最古と言われる温泉は、愛媛《えひめ》の誇る立派な観光名所であります。外国人が多く集まる古都や首都ほどではないものの、近年では映画のモチーフやら、ドラマの舞台やらで、ぼちぼち注目されているようで。

しかし、そんな観光地にありながら、このお宿、不思議なことにほとんど人が入らないと言います。

木造平屋の外観は、それなりに風情あるが地味。暖簾《のれん》には宿の名前である「湯築屋《ゆづきや》」とだけ。

宿屋に来る人間がいないのに温泉街で経営していけるなど、至極不思議なことでありましょう。

でも、暖簾を潜《くぐ》った客は、その意味をきっと理解するのです。

そこに足を踏み入れることができるお客様であるならば。

♨　♨　♨

「えー。ゆづ、今日も家の手伝いかい？」

低めの女声に不満がたっぷり乗っている。

毎回誘ってくれる友人に対して申し訳ないと思いつつ、湯築九十九《ゆづきつくも》はヘタレた笑みを浮かべ、ふり返る。

「ごめんね。一応、バイト代もらってるから」

「ゆーて、家の手伝いなんやけん、いろいろ言ってサボればええんよ。君は奴隷《どれい》かね、奴隷」

「そんな大袈裟《おおげさ》な。それなりに楽しいからいいの」

カバンをふりながら先を歩く。

とは言え、毎日放課後を実家の手伝いに拘束されてしまう女子高生は、たしかに奴隷の類《たぐい》かもしれない。彼女とは幼稚園からのつきあいのせいか、物言いが辛辣《しんらつ》だ。しかし、喩《たと》えが上手いな、と九十九は内心で友人——麻生京《あそうみやこ》を称賛しておく。

「どーせ、お客も来んのに」

「だからこそ、頑張らなきゃねぇ？」

「まあ、いっか。スタバ行くけん、ゆづの好きなスコーンをお届けしてやろう」

「やったね！　奴隷最高！」

「調子に乗らんのよ。画像に決まっとるやん」

「えええええぇ！」

京は九十九にデコピンしながら、「それじゃ」と手をふった。

その背を見送って、九十九も軽く手をふる。

「バイトかぁ」

回れ右で家路につきながら、九十九は京に対してついた嘘を口の中で転がした。

女子高生が学業のかたわら働くので、便宜上、そのような言葉を選んだが、どうにもしっくりこない。

学校を出て、路面電車の駅まで歩いていく。

ちょうど一両編成の電車が停まっていたので、九十九は急いで駆けた。首の辺りでポニーテールがピョンッピョンッ。息もはずむ。

なんとか乗り込むと、中は学生だらけ。放課後なので当たり前かと、一息ついて吊革につかまった。

電車はオレンジ色のマッチ箱のような古い車両だ。歩くと硬い革靴《ローファー》の踵《かかと》で、木目の床がコンコンと鳴る。現代的な新しい車両も多く走っているが、観光客や昔から住む市民には、古い車両のほうが、趣《おもむき》があって人気だった。

路面電車の窓には城下町の風情漂う景色、と言えば聞こえはいいが、正直なところ九十九にとっては慣れ親しんだ日常の光景だ。

いつもの帰宅コース。

九十九には、ありふれた日常でしかない。

そう、なにもかも。

家の敷居を跨《また》いだ先の光景も――。

「おかえりなさいませ、若女将《わかおかみ》っ！」

桜咲く庭へと通じる暖簾を潜る。

そこで出迎えてくれたのは、品のいい臙脂《えんじ》色の着物を襷《たすき》掛《が》けした仲居さん――の格好をした子狐だった。

「ただいま、コマ」

九十九は自然な笑みを浮かべながら、小さな狐をなでた。

臙脂色の着物を着て、二本の足でチョンと立つ白い子狐は目を細めて、身体に対して大きくてフサフサの尻尾を揺らした。嬉しいときに尻尾をふる様は、子犬のようだ。狐だけど。

目の前に建つのは、塀の外から見えていた地味な木造平屋の旅館、ではなく、三階建ての大きくて古い館であった。

純和風というよりは、明治の香り漂う近代和風建築。瓦《かわら》屋根の木造建築でありながら、窓には色とりどりの、ぎやまんガラスが嵌《は》められ、中の明かりがぼんやりと透けて見える。障子には花火や花札の柄が浮きあがっており、見る者を飽きさせなかった。

外からは一本しか見えなかったが、庭には無数の桜が咲き誇り、旅館の建物を囲むように巡らされた池にピンクの花筏《はないかだ》を作っていた。

塀の外側にあるはずの家やビルの類は一切見えず、空は藍色の黄昏《たそがれ》に沈んでいる。ぼんやりとした光を湛《たた》えてガス灯が立っており、庭を訪れた者を館へと誘《いざな》う。

人によっては、素晴らしい光景だと讃えるかもしれないが、残念ながら九十九にとっては、これもありふれた日常でしかなかった。

「今日もお仕事、がんばろっか」

「はいっ！　若女将！」

九十九が笑うと、コマも嬉しそうにうなずく。

ここは道後の温泉旅館「湯築屋」。

暖簾の向こうは、結界。この世とは切り離された異界である。

そして、訪れるお客様は人ではない。

お客様は、「神様」なのである。

2

この地の湯には、神気《しんき》が宿っている。

文字通り、神の力だ。

人にとっては神経痛やリウマチ、貧血、痛風などが改善するという、ごく一般的な効能。

しかしながら、この湯は神にとって疲弊した神気を癒すという効果がある。また、神に近しい妖《あやかし》や鬼の類にも、同じだった。

昔、白鷺《しらさぎ》が足に負った傷を癒すために毎日、岩間に舞い降りていたという。それを見た村人が不思議に思って近寄ったところ、湯が湧いていることを発見したのが、道後温泉の起源だと言われている。メインの観光地である道後温泉本館には白鷺をシンボルとした装飾もあるほどだ。

そして、やがて土地に流れてきた稲荷神《いなりのかみ》が自らを癒すため、湯につかるようになった。

後に、稲荷神は人間の力を借りて、この地を快適な住処とする。それがはじまりで、評判を聞きつけた妖や神々が訪れるようになり、旅館「湯築屋」は成立した。湯築家は稲荷神に仕える巫女《みこ》の家系だ。同時に、代々、温泉旅館を経営する一族でもある。

「あの」

九十九は、「はあっ」とため息をついて目の前に転がる者を見た。者、いや、違う。物だ、物！

「邪魔するくらいなら、働いてくれませんかねぇ！」

一応敬語ではあるが、雑に言いながら九十九は掃除機のスイッチを入れた。結界の中であっても文明の利器が使えるのは、とてもいいことだ。

電化製品万歳！　現代社会万歳！

「少し待ってくれぬか。今、ちょうどいいところなのだ……こら。掃除機はやめよ、五月蠅《うるさ》くてテレビの音が聞こえぬ！」

そんなことを言いながら、寝転がっていたソレが、もぞりと起きあがった。

藤色の着流しの上に、絹束のような白い長髪が落ちる。神秘的な琥珀《こはく》色の瞳が不満そうに、九十九の顔を見あげた。

一見すると男か女か判別し難《がた》いが、体躯のたくましさで男であるとわかる。

息を呑むような美青年。肩に羽織をかけ、年代物の煙管《キセル》に口を寄せる様は、実に妖艶で絵になるものであった。

頭の上に乗った白い耳と、大きくて長い尻尾が人ならざるものであることを強調している。

稲荷神白夜命《いなりのかみびゃくやのみこと》。

結界内に道後の湯を引き、湯築家の人々と共に温泉宿を築いた稲荷神である。いわゆる、この宿の「オーナー」のようなものだ。

湯築家の者や従業員は畏怖と親しみを込めて「シロ様」と呼んでいる。犬の名前みたいだが、一応は狐の神様だ。

『あなた……私を騙《だま》していたのね……！　この泥棒猫！　返しなさい、私の夫！　返しなさいよ！』

『騙されたのは、あなたでしょう？　それに、あの人はもうあなたのところへは帰らないわ。愛想尽かされたって、いい加減に気づきなさいよ』

「だから、掃除機を止めよ。今、いい修羅場なのだ」

「神様が昼間から不倫ドラマの再放送見て興奮しないでいただけます⁉」

「だって、面白いではないか。人はなかなかどうして愉快なものを次々生み出してくれる。お陰で飽きぬ……やはり、宿に電気を引いたのは正解だったな。うん千年と生きた甲斐《かい》がある」

「不倫ドラマでうん千年の感慨に耽《ふけ》らないでくださいよ」

「日本には、不倫は文化という言葉がある」

「それ、結構新しい人の言葉ですからね⁉」

文明の利器最低。現代社会は神をも堕落《だらく》させる。

九十九はいよいよ腹が立って、掃除機のスイッチを「強」に切り替える。そして、ヘッド部分をポンッと外した。

「客室でくつろがないでくださいっ！」

叫びながら、シロの背後に掃除機を寄せる。

「ぬあっ⁉」

ゴボボォッと嫌な音を立てて、シロの大きくて立派な白い尻尾がスッポリと掃除機に吸い込まれていく。

シロは慌てて立ちあがり、必死で尻尾を掃除機から引き抜いた。

「やめよ⁉　魂を吸いとられる心地がして好かぬ！」

「わたしはただお掃除をしていただけです。そこに、たまたまシロ様が転がっていたのです。悪気はほとんどありませんでした」

「嘘申せ⁉　今、思いっきり叫びながら尻尾を吸っていたではないか」

「テレビの音ですよ」

「儂《わし》を莫迦《ばか》にしておろう？」

「ソンナコトナイデス」

九十九は半目になりながら、再び掃除機を構える。シロはサッと条件反射で自分の尻尾を手で庇《かば》う。

シロは掃除機で尻尾を吸われるのが嫌いなのだ。それを初めて発見したのは、幼いころの九十九であった。

「これが俗に言うＤＶというヤツか!?　儂は虐待《ぎゃくたい》されるのか!?」

「いいえ、わたしは客室に転がる邪魔なゴミを掃除機で排除しているだけです」

「今、さり気なく儂をゴミ扱いしたか」

「気のせいです」

それでも退散しないので、九十九はジリジリとシロのほうへとにじり寄る。

「むう。本気で怒らせてしまったか」

シロは九十九が本気と悟ってか、むむっと表情を改めた。妖艶な容姿と相まって、表情を引きしめると非の打ちどころのない美しさになる。これで、言葉を発さなければ、完璧なのだが。

そんなことを思っている隙に、九十九の目の前からシロが消えた。

恐らく、神気を使ったのだ。

掃除機から逃げるために神様の力を使うなんて、無駄遣いにも程がある。

「仕方がない。妻の機嫌は取るべきだと、天照《あまてらす》から忠告されたからな」

呆れている九十九のすぐそばに気配。

急いでふり返るが、ドンッと背後の壁に片手をついて、シロは九十九の退路を断った。

とっさに落とした掃除機が空気を吸う音を立てている。

自然な流れで顎《あご》をクイッと持ちあげられてしまう。間近に迫った琥珀色の瞳が艶やかな笑みを浮かべていた。

「こうすれば、妻の機嫌が取れるらしい」

湯築家は稲荷神白夜命に仕える巫女の家系だ。

神気を持ち、妖《あや》しの力を操る家系。

代々一番強い神気を持つ巫女は、皆、稲荷神白夜命へ嫁入りしてきた。

そして、当代の巫女は九十九であり、生まれたときから稲荷神白夜命――シロと夫婦《めおと》となることが決められていた。

「壁ドンと言うのだろう？　女子《おなご》は大変に喜ぶと聞いたぞ。九十九、嬉しいか？　儂は大層、美丈夫《イケメン》だからな。嬉しかろう？」

シロは清々《すがすが》しいくらい爽《さわ》やかな笑顔だった。口から吐き出されているセリフは、酷《ひど》くアホな内容なのだが。

一方の九十九は笑みどころか、すべての怒りを顔面に乗せた阿修羅の形相でシロを睨《にら》みあげていた。

「……こういう壁ドンとか、いかがでしょうか?」

九十九はシロの胸倉をつかんで、背後に叩きつけ、ドンッと前蹴《まえげ》りで壁を揺らした。我ながら、刑事ドラマにでも出られそうな動きだと思う。

「つ、九十九!?」

「真面目に掃除させてくださいよぉぉおお!」

このあと、有無を言わさず掃除機で尻尾を吸いまくったあとに、夫を無慈悲に部屋の外へと放り出すのだった。

おおむね日常である。

3

湯築屋には、様々なお客様が訪れる。

「若女将っ。そろそろ鞍馬天狗《くらまてんぐ》様のお出迎えの時間ですっ!」

「うん、わかってる。お食事より先にご入浴されるのよね」

「はいっ！　あと、天照様へお荷物が届いています。ウチが持っていきましょうか？」

「あー……いいわ。わたしがやります。あの方、合格点出さないと開けてくれないから」

「……うう、助かります。ウチ、ずっと不合格なので。センスが古いとか、なんとか……では、ウチは鞍馬天狗様のお出迎えに行きます」

子狐のコマはトコトコと足音を立てて玄関へ、九十九は荷物を受け取り客室へ向かった。

「九十九よ、天照のもとへ行くのか？」

いつの間にかうしろに立っていたシロが、ヌッと覗き込んできた。

この駄目夫は呼んでもいないのに、いつもそばに湧いて寄ってくる。忙しいときは、単純に煩《わずら》わしいだけだ。

「一人で充分ですので、コマと一緒にお客様のお出迎えをしてください」

「よかろう。儂も同行する」

「……わたしの話、聞いてました？」

「着物姿の九十九は、やはり美しいな。流石《さすが》は、我が妻」

言いながら、シロは九十九の頬《ほお》に手を触れる。

今日の着物は派手すぎず地味すぎない鶯《うぐいす》色だ。髪も着物にあわせて蝶《ちょう》のかんざしで留めてある。学校へ行くときはポニーテールなので、だいぶ印象が変わった。

九十九の姿を堪能するように視線を這《は》わせるシロ。九十九はムッとして、シロの手を払ってやった。

「……全然聞いてないってことが、よーく伝わりました」

「褒めてくれるな」

「褒めてません」

気を取り直して。

段ボール箱はネット通販でお馴染みのTamazon。お届け先は、岩戸の間に連泊中の天照様だ。

天照大神《あまてらすおおみかみ》。

日本神話の代表的な神であり、太陽の化身である。この神が天岩戸《あまのいわと》に引きこもると、太陽の光は隠れ、世の中は厄災であふれかえったという伝説は有名だ。

「しかし、天照は今回も長い連泊だな。いわゆる、引きこもりとはこのことよ」

「引きこもりって……ねえ、もしかして、泊まりすぎると太陽が隠れちゃうんじゃ……」

天照が岩戸に隠れている間は、太陽が出ない暗闇になってしまう。

九十九が心配していると、シロはハハッと笑った。

「安心せよ。ここは天岩戸ではない。何日引きこもっても、外出先扱いだろう」

「ああ、そうなんだ。そうよね……もう既に今回、六十連泊してるし。外泊と引きこもりの境がよくわからないけど……まあ、時々、コンサートとか行ってるし？」

湯築屋の記録によると、最長記録は三十五年間の連泊らしい。最早《もはや》、外泊の域を超えている。

「引っ越して此処《ここ》を岩戸にすると言い出したら、流石に儂が責任を持って追い出すがな……以前のように、本気の岩戸隠れをされてしまっては困る。あれはおぞましいものだった」

軽く流すような口調だったかと思うと、シロは急に真顔になってそんなことを言う。

天照の岩戸隠れはガチでヤバイやつのようだ。

改めて、すごい神様が宿泊しているのだと思い知る。

「シロ様も岩戸隠れを見たんですか？」

天照と張りあえるほどシロが古い神様なのだと判明し、九十九は驚いた。たしかに、うん千年生きているとか、いつも言っている。

稲荷神白夜命は古事記に記述もなければ、結界の外に祀《まつ》られる社《やしろ》もない。湯築のローカルな氏神のようなものと九十九は教えられてきた。

「見ているかもしれぬし、聞いたことがあるだけだったかもしれぬ。ふむ、どっちだったかな？」

この駄目夫、実はすごいのかもしれないと思わせておいて、これだ。露骨に話を逸《そ》らされただけのような気もして、九十九は面白くなかった。

そんな会話をしているうちに、岩戸の間の前へと。

「天照様、お荷物をお持ちいたしました」

九十九は扉越しに声をかける。

すると、木製の引き戸が少しだけ開いた。

「…………」

わずかな隙間から、チラリと顔が見える。

九十九はスゥッと息を吸って、着物の袖をまくりあげた。

「Honey!　My honey!　さあ、勇気を出して♪　飛び出そう♪　Let's go honey!　君と僕とで星空の彼方《かなた》へ☆」

羞恥心《しゅうちしん》をかなぐり捨てて、元気いっぱい歌って踊る。人気男性アイドルの新曲である。動画を見ながら振りも完璧に覚えた。文化祭で披露してもいい出来だろう。

隣でシロが「なに⁉　今日はランニングマンではないのか⁉」と、困惑していた。一緒に踊る気満々だったようだが、流行は無慈悲に移るものなのだ。

「……八十六点。合格です」

九十九が渾身のダンスと歌を披露すると、中から鈴のように可愛らしい声が聞こえてきた。

八十六点か。九十点超えを目指していたのに、残念だ。そんな感想を抱きながら、九十九は改めて正座して客室の戸を開けた。

岩戸隠れした天照を引き出した岩戸神楽《かぐら》の伝説よろしく、天照の部屋を訪問する際は必ず、歌って踊らなければならない。しかも、天照の合格点に達しなければ、戸は閉ざされてしまう。その場合、荷物はいつの間にか消えて回収されている。実はこのようなパフォーマンスなどいらないのではないか？　と思ったりしているが、お客様の要望である。

お客様は神様なのだ。仕方がない。

「天照様、お荷物が届いております」

「まあ、流石はお急ぎ便。素晴らしい……やはり、通販は最高ですわね。人の文明は豊かになりました」

中から出てきたのは、珠《たま》のように可愛らしい少女であった。

見た目は十歳に満たない程度。雛《ひな》人形のような着物を身にまとっており、おっとりとした印象を受ける。クリッとした目が愛くるしい。

「今回は初回特典版ですの。ふふ……嗚呼《ああ》、早く視聴しなければねぇ」

「アイドル、本当にお好きですね」

少女——天照大神は九十九から「Tamazon の箱を受け取ると、恍惚《こうこつ》の表情を浮かべた。

DVDが入っているだけにしては随分大きめの段ボール箱を抱きしめながら、目をキラキラと輝かせる。

「だって、彼らは輝いています。もう眩《まぶ》しいくらいに。嗚呼、なんて……なんて……尊い！　最高です！　まさに、神！」

発音が濁音《だくおん》になるくらい興奮しながら、天照は段ボール箱に頬ずりした。

日本神話の太陽神がアイドルユニットを神として崇《あが》めて尊んでいる。九十九は自然な気持ちで、「ああ、これが信仰心なんだなぁ」と、受け入れることにした。多少の違和感はあるが、些細《ささい》なことだ。たぶん。

「ありがとうございます。明後日には新しいアルバムも届きますので、どうぞよろしくおねがいします」

「いえいえ、お安い御用です。お客様に満足していただけて、わたしも嬉しいです」

「ふふ。輝かしいものであれば、なんでも好きですわよ。人の生命力。本当に甘くて美味《おい》しいです。それが対価を払えば、誰にでも供給されるアイドルという商品システムは、とても素晴らしい。発展した文明が生み出した功績でしょう」

大袈裟な。目を輝かせて力説しているが、内容は「アイドル素晴らしい」である。九十九は苦笑いした。

「目の前にも、甘くて美味しいものはありますけれど」

「へ？」

幼い少女の顔に甘い甘い微笑が浮かんだ。

九十九が不思議に思っていると、急にシロが割って入った。まるで、天照から九十九を守るような動きだ。

「あら、まあ……ふふ。それでは、わたくしはしばらくこもります。夕餉《ゆうげ》は結構ですわ」

天照は小さな身体でペコリとていねいにお辞儀すると、部屋の中へと戻っていってしまった。夕食抜きで集中してコンサートＤＶＤを見たいらしい。

ちなみに、天照は長期滞在中の上客なので、岩戸の間には彼女専用のパソコンが持ち込まれているし、大画面の液晶テレビや衛星放送の電波受信環境も整えてある。プロジェクターとスクリーンも完備で、ルームシアターにもなっていた。先日、掃除の折に確認すると、最新のゲーム機まで増えていた。もちろん、ソフトも充実している。

神様だって、文明の利器を使うし、現代社会を楽しんでいるんです！

部屋全体がそう主張しているようだった。

「なんだ、九十九。儂をそんなに見つめて。さては、今日こそ床《とこ》を共にする気にな――」

「いえ、別に。そういえば、ここにも現代社会をエンジョイしている神様がいたなぁと思い出してしまっただけです」

「照れるではないか」

「褒め言葉とは限りませんよ？　……というか、神様って、みんなこうなんですかね？」

「ここに来ている輩《やから》は、だいたいそうだろうさ。人嫌いの連中は寄りつかぬ」

「言われてみればたしかに……温泉旅館に来るくらいだから、そうでしょうね」

隙あらば、シロの手が肩に回ったので、九十九はピシッと叩いた。仕事中の過剰なスキンシップはセクハラだ。

「世は移り変わるものだ。それを嘆《なげ》く神もあれば、受け入れる神もある。よく覚えておくがいい、九十九。神は決して、お前たちに優しいだけとは限らぬ。そこで文明に耽っている天照とて、いつ牙《きば》を剥《む》くかわからんよ」

「そ、そんな……」

ぞくりとする声音で、シロが耳元で囁《ささや》いた。

飄々《ひょうひょう》としているかと思えば、時々こんなことを言う。

まるで、「怒らせるな」と警告されている気がして、九十九は身を強張らせた。

「まあ、此処は儂の縄張りだ。誰であっても勝手は許さぬ……特に我が妻に害為すことがあれば、な」

硬直してしまった九十九の肩に、シロの腕が回る。

女の人のように線が細い美形だが、触れると存外たくましくて、男らしいことを実感してしまう。

「なんか」

九十九は顔を背けて口を尖《とが》らせた。

「シロ様は、ずるいです」

「なにがだ？」

「わかんなくていいです！」

一旦、従業員用の控室へと戻る間、シロは何度も九十九の肩に手を回す。九十九はそのたびに、シロの手を叩き落としてやった。

春．神の美食は郷土の味

1

風もなく、静かで穏やか。

窓から見える空は透き通る藍の黄昏。温かな光を湛えるガス灯が見下ろす庭には、桜の花が甘い香りを漂わせながら咲いている。

煙管から口を離し、紫煙の一息。神聖なる空気に溶けていく。

人ならざる琥珀の瞳。

藤色の着流しから覗く肢体はスラリと美しく、男とも女とも言えぬ。ただ体格から、男のようだと感じとれる程度。

絹束のような白髪を指で弾くと、しなやかに。

窓枠に腰掛けた稲荷神白夜命は、この世のなにより美しく思われた。白い狐の耳や尾まで毛並みが滑らかで、神々しい。

薄暗い中であっても、確かな神気をまとい、そこに御座《おわ》す。

幼いときより過ごした夫婦《めおと》の間柄であっても、言葉を忘れてしまうほどに――しかし、それは今が九十九の就寝時間でなければの話だ。

「また忍び込みましたねッ⁉」

ハッと飛び起きてあげた声は、人の世に降りた神を崇めるものではない。

奇襲《夜這い》を仕掛ける不審者を迎撃する猛者《もさ》の声だ。

「な⁉　儂は、ただ今宵《こよい》は冷えるからと――」

「問答無用！　結界内は冷暖房完備状態だって、前に自分で言ってましたよね！」

「儂の心が寒い！」

「お黙りください」

寝起きとは思えないくらいキビキビとした動作で九十九は布団《ふとん》を跳《は》ね飛ばし、そば殻《がら》の詰まった枕をつかんで思いっきりふりかぶる。

投球（枕）は、まっすぐに。

驚くシロの顔を覆うように。

「ぐぁっ⁉」

枕投げなど、修学旅行以外で披露することもないだろう。

しかし、至極爽快である。枕を顔に受けてシロはバランスを崩し、開けっ放しの窓の外へ落ちていく。

少々落下しても平気だろう。なんといっても、シロは稲荷神。神様なのだ。むしろ、少しくらい痛い目を見てほしい、と九十九はため息をつく。

「まったく……」

安眠を邪魔されて、九十九は不機嫌に布団を被り直す。

昼間は学校、夜は旅館の若女将。

二足の草鞋《わらじ》を履くのも疲れるというのに、駄目神様の世話まで。加えて、あれが自分の夫である。先が思いやられた。

「あー……もう……」

布団を頭まで被りながら、九十九は目を閉じた。


という、昨夜の話を教師や友人にするわけにもいかず。九十九は目の下に隈《くま》を作ったまま、大あくびを噛《か》みしめていた。

「ゆづ、酷い顔しとるねぇ」

覗き込むように京の顔があった。

前の席から、足を広げて椅子《いす》にうしろ向きで座る格好だ。

ボーイッシュに短く髪を切り揃えており、性別不詳の男前顔をしているが、これでも女子である。だいぶ「はしたない」のではないか。

「エッチなゲームでも、夜通しプレイしよったん？」

「……してないから。そんな生態してませーん」

「じゃあ、夜通しエッチなことを――」

「し、ししてません⁉　してないから⁉」

「反応がよすぎるんよ」

九十九の反応が露骨だったせいか、京は声をあげて笑った。

あまりに楽しそうなので、九十九はプクゥッと頬を膨らませる。

「旅館のバイト、そんなにキツいん？」

「それも、なくはないけど……」

「じゃあ、例の彼氏？」

「か、かれ⁉　い、いやいやいや、い、居候《いそうろう》よ。居候！」

彼氏を居候に変換しながら、九十九は首を横にふった。実際は「夫」なので彼氏のほうが近くはあるが、流石に高校生で結婚しているとは言えない。

湯築家の婚姻事情は特殊すぎる。

昔であればともかく、今では神様と結婚などという風習は日本全国でも、そう多くはないはずだ。法律の枠にもおさまらない。実は物心ついたころには契りが結ばれてしまっている。婚姻の儀式のことも、九十九はよく覚えていない。

「シロさ……あー、いや、うん、シロウさんは、その、小さいころから家にいるから恋愛対象じゃないっていうか？　そういうのと、ちょっと違うというか？」

「なんか、君はよくわからんというか、詮索《せんさく》するのもメンドイな」

薄々思っていたが、たしかに一般家庭と比べると湯築家は面倒くさい気がする。

九十九にとっては当たり前の日常ではあるが、時々、特殊であると認めざるを得ない瞬間があるのも事実だ。

「言っとくけど、メンドイのは家庭の話じゃなくて、ゆづ自身やけんね」

「はひ？」

期せずして、「メンドイ女」と評され、九十九は首を傾げた。

京はハァッと息をつく。

「自覚ないところが、メンドイ。よく知らんウチが見ても丸わかりやもん」

「うう。そんなにメンドイですかねぇ？」

メンドイ女って、いわゆる、「メンヘラ」とか「ヤンデレ」とか、そういうことかな？

九十九に自覚はないが、他人の目からは、そのように映っているのかもしれない。流石にそれは厳しい評価だし、自分に落ち度があるように思えた。

同時に、ふと浮かんだ。

シロは九十九のような「メンドイ女」のことを、どう思っているのだろう、と。

「ああ、ほれ。そこがメンドイんよ」

「は、はひ?」

逆向きに座った椅子をガタガタ揺らしながら、京がニタリ。とても意地の悪い顔だが、意味がわからない。

九十九が両目をパチクリしていると、授業のチャイムが鳴った。


「メンドイ女、か……」

学校で京から、そんな評価をもらってしまった九十九は、悶々《もんもん》としながら自宅である旅館の敷居を跨ぐ。

暖簾を潜れば、そこは外界から切り離された結界の中。昼夜問わない黄昏色の空に、ボウッと浮かびあがる近代和風建築が九十九を見下ろしていた。

この結界は入る者を選別する。

湯築屋の関係者や客である神霊以外は結界に立ち入ることができない。引きこもり、もとい、天照大神がいつも注文する荷物を届ける宅配業者などには、普通の寂《さび》れた古宿にしか見えていないだろう。九十九の友人などを呼んでも同じこと。結界の中には入れない。

一般の観光客や周辺の住民には普通の宿に見えているが、「この宿に入りたい」とは思わないよう、結界が心理的に作用しているのだ。

つまるところ、結界を作ったのはシロなので、シロが招くべきではないと判断した来訪者は、湯築屋を訪れることができなかった。逆にシロが許可すれば人だけではなく、電気やテレビの電波、インターネット回線の類も引けてしまう。便利な空間だ。

「ただいまぁ」

ややトーンを落とした声で、九十九は従業員用の勝手口から旅館へ入る。

「おかえりなさいませ、若女将。女将からメールが届いていますっ！」

子狐のコマが元気よく九十九を迎えてお辞儀をする。

九十九は「はいはーい」と軽く返事をしながら、革靴を脱ぎ揃えた。ポニーテールの赤いリボンを解きながら、業務用のパソコンのある経理室へと歩いていく。

女将——九十九の母親である湯築登季子《ときこ》からの連絡は、たいてい仕事用のメールで届くのだ。

帰りに買った、あんこたっぷりのひぎり焼きを頬張りながら、結い跡のついた髪をポリポリ掻《か》いた。

ひぎり焼きは、いわゆる、大判焼きや今川焼きの形をしているが、少し生地に食べ応えがあり、どら焼きのような食感をしている。

「ああ、若女将。お帰りでしたか？」

メールを開こうとすると、経理室の入り口から声がかかる。ふり返ると、ニッコリとした笑顔の男性が立っていた。白いシャツに臙脂色のネクタイ。紺色のハッピには「湯築屋」と書かれている。

湯築屋の番頭、坂上八雲《さかがみやくも》だ。接客だけでなく、経理や設備管理など諸々の方面で湯築屋を支えている。こう見えても湯築家の親戚筋にあたり、神気の扱いには長《た》けていた。

湯築屋の敷地は広いが、実際に毎日働いている従業員は五人しかいない。八雲は貴重な従業員の一人であった。

「八雲さん、ただいま。今、お母さんからのメール読むところです」

「そうでしたか。次のお客様も楽しみですね」

流石はベテラン。登季子からのメールが来ても、身構えず平然としている。伊達《だて》に湯築屋で二十年働いているわけではない。

「八雲さんもひぎり焼き食べますか？」

「いえ、私は結構です。片づけておきたい仕事がありますので」

そう言いながら、八雲は経理室の一番奥にある自分のデスクに座った。帳簿やお金の管理などは、ほとんど八雲に任せてある。九十九はそのような作業を不得手としているので、本当に助かっていた。

「お母さん、今どこなんだろ」

ハァっと一息ついて、パソコンのメールを開く。メッセージアプリでも連絡は取れるが、仕事のやりとりはメールで行うのが常だった。

「……ギリシャ？　かな？」

メールに添付された写真を見て、苦笑い。

これは仕事のメールだ。仕事なのだ。

と、わかっていても、流石にパルテノン神殿を背景に酒ビンを掲げる女将の姿を見ると顔を引きつらせずにはいられなかった。

胸元が大きく開いた真紅のワンピースを着て、若々しくウィンクまでしている。これがまた歳の割に似合っているから腹立たしい。

隣に写っているのは、厳《いか》つい表情をした壮年の男性だ。腕を組んでカメラに視線を送る様は威風堂々としていて近づきにくい印象があるが、着ているのは日本のアニメキャラがプリントされたTシャツだった。

なんともアンバランスで痛々しい……いや、独特な絵面だが、メールの添付ファイルに写っているということは、営業相手には違いないだろう。

「ほう。登季子は、また興味深いものに目をつけたな……やれやれ」

いつの間にか、気配もなくシロが九十九の背後に現れていた。

「ちょ、ちょ、ちょっと！　いきなりうしろに立たないでもらえませんか⁉」

「何故だ？　いつものことではないか」

「いつも嫌がってるんですけど！」

「そうなのか？　何故だ？」

「だ、だって、ビックリするし……その、今、学校から帰ってきたばっかりで、髪だってボサボサで……」

「客の前でもないのに、髪など気にしているのか？」

「そ、そういうことじゃなくって！」

「どういうことなのだ？　八雲の前では平気だったではないか」

「や、八雲さんとシロ様は違うんですってば！」

「妙なことを言うな」

シロは至極当たり前のように言いながら、どうして九十九が怒っているのか思案して首を傾げる。経理室の奥で八雲は会話を穏やかな表情で聞いているが、九十九が望む助け舟を出してくれる気はないらしい。

シロはしばらく考えるが、やはり理解できないようだ。やがて興味を失ったようにパソコンの写真に視線を戻す。

「ギリシャ神話の天空神とは、大きな相手に手を出したものだ」

シロは九十九が机に置いていた紙袋から、ひぎり焼きを取り出す。手元でパチンと指を鳴らすと青白い狐火が灯り、その熱でひぎり焼きを温めて満足げに頬張った。

「ひぎり焼きを温めるために神気使わないでくださいよ」

「うむ。美味《うま》い。温めると、尚のこと。儂はあんこがトロトロのほうが好みだ」

「もう、そんなの知りませんってば……」

気を取り直して、九十九は話を戻す。

「それはさておき。ギリシャ神話の天空神って……もしかして、ゼウス神ですか？」

「そのようだな」

ギリシャ神話の主神、全知全能の天空神ゼウス。

オリュンポス十二神をはじめとする神々の王であり、天空の支配者である。日本でも十二分に知名度のある神様だ。

「登季子が判断したのだ。悪いことはなかろうよ」

無意識のうちに身構えているのを感じとってか、シロがポンと九十九の肩に手を置いた。手が妙に大きくて温かく感じたのが、なんとも癪《しゃく》だ。

女将である九十九の母・登季子の仕事は「営業」だ。

人間にして強い神気を操れる登季子は、世界各地を巡って神々に湯築屋の営業を行っている。ここ十数年で海外の上客が増えたのは、まさに女将の力だろう。

インドのヴィシュヌ神や南米のケツァルコアトル神まで呼び寄せた実績がある。みんな満足してお帰りいただいたし、常連客となった神様も多い。

女将が自ら旅館を留守にして営業回りをすると聞くと妙な話だが、現時点の湯築屋に登季子以上の神気の使い手はいない。社交性も充分にある。

幼いころは、「おかあさんは、つよいミコなのに、どうしてシロ様とケッコンしなかったの？」と、無邪気に聞いたこともあったくらいだ。

「登季子はよい巫女だよ。神気の扱いもさることながら、社交的で活動家だ。旅館が賑わったのも、登季子の手腕が大きかろう……別段、経営に困っているわけでもないが、客層が広がるのはよいことだ。神を相手にした旅館とて、グローバルな現代社会に対応せねばな」

シロは腕組みをしながら、しみじみと登季子を絶賛する。

たしかに、その通りであり九十九も同意した。

「なんだ、九十九。不満そうではないか？」

「へ？　はい？　不満、ですか？」

「いかにも」

まったく無自覚だったことを指摘されて、九十九は本気で間の抜けた顔をしてしまった。

「そういえば、この間も何故、儂が登季子と結婚できなかったのか聞いていたな？」

「こ、この間って……五歳のときの話じゃないですか⁉」

「十二年前など、この間ではないか」

「神様尺度で定義しないでもらえます⁉」

神様にとっては、十数年前など「この間」であろう。だが、そういう感覚をごく一般的な寿命の人間相手に持ち出さないでいただきたい。

「神気の使い手として登季子の右に出る者はおらぬが、神気の質であれば九十九のほうが上等だと思うぞ」

「はい？」

「登季子が上白糖ならば、九十九は蜂蜜《はちみつ》だと言いたい」

「まったく意味がわかりません」

「儂は蜂蜜が好きだ」

「はあ……？」

シロは勝手にウンウンとうなずいている。九十九にはわけがわからない。

「とにかく！　女将が営業の結果を報告したってことは、お客様がお越しになるってことだから……シロ様もお客様をお迎えする準備をしてください」

「うむ、心得ておるぞ。今回は上客の予感がするからな……酒は趣向を凝《こ》らしてみるとしよう」

「お酒選びよりも、もっとやることありますよね？」

「酒は神事には欠かせぬと昔から相場が決まっておるのだ。神を呼ぶときは、まず酒を用意せよ！」

「いや、シロ様いつもお客様と一緒に飲んでるだけですよね」

「だって、掃除は掃除機が苦手で好かぬし、料理は料理人に任せて手出しは不要。雑事は八雲がする。テレビを見るかたわら、一緒に酒を飲んで楽しく接客するのが儂の仕事であろう」

「配膳とか、客室の整理整頓《せいとん》とか、お風呂掃除とか、その他諸々お仕事は山ほどありますけど」

「どれも儂がしなくとも、皆がやるだろう？」

「暇なら手伝ってくださいって言ってるんですけど」

そそくさと逃げようとするシロの尻尾を、九十九はガッチリとホールドする。

白くて長い尾がモフモフと腕の中で暴れ、シロの頭の上で耳がビクビクと動いていた。

「若女将っ！　若女将ぃっ！」

離せ、離せ！　いいえ、離しません！　そんな叫び声をあげながら揉《も》みあう二人を制止するように、コマが入室する。

「若女将っ、大変です！　女将が……お帰りです！」

コマの言葉に、九十九は顔を引きつらせた。

女将である登季子からメールが届いたのは、今日だ。それも、ギリシャからである。物理的に考えて、今日中に帰国するのは無理のはずだが――。

「お母さん……またメールの送信忘れてたのね」

つまり、帰りの飛行機か乗り継ぎの空港からメールを送ったということで……しかも、その旨を書き忘れている。登季子のメールでは、よくある事故であった。

「大変！」

九十九はハッと我に返って、つかんでいたシロの尻尾をポイッと放る。シロがバランスを崩して床に倒れていくが、まあ気にしない。どうせ、九十九が少々手荒く扱ったところで、神様なので怪我《けが》などしない。

八雲は九十九が動くよりも先に音もなく立ちあがり、経理室から出ていた。流石は勤続二十年の番頭。慣れている。

「コマ、急いでお部屋の準備をして」

「はいっ！　若女将！」

九十九の声一つで、コマもトトトッと廊下《ろうか》を走っていく。コマ本人に走っているつもりはないだろうが、手足が短いせいか、いつも小走りで移動している気がする。

「やれやれ……仕方あるまい。手伝うか」

床に倒れ込んだままのシロが息をつく。

ボサボサに結い跡のついていた九十九の髪と地味なブレザーの裾《すそ》がフワリと浮きあがる。

一般的な女子高生の身体は眩《まばゆ》いばかりの神気に包まれて——いつの間にか、薄紅色の美しい着物をまとっていた。髪も整い、耳元で折り鶴《づる》のかんざしが揺れる。

「どうだ、九十九。儂も役に立——」

「そんな感じで、客室のお花も生けておいてくださいね！」

胸を反らせて威張るシロの横をすり抜けて、九十九は廊下を急ぐ。シロが物欲しげになにか叫んでいるが、聞こえない聞こえない！

若女将としての九十九の仕事は、お客様のおもてなしである。

お客様の滞在目的は多様。

天照のように享楽にゆっくりと興じるため滞在する神もいれば、温泉本来の効果を求めて神気を養うために訪れる神もいる。単に日本という国を観光するため、外国から訪問する神もいる。

おおむね、人の旅行目的と大差ない。

「ただいま、つーちゃん」

急いで玄関まで向かうと馴染みの、されど、久方ぶりに聞く声に出迎えられた。

豊かで艶やかな黒髪を一つに結った淑女。キリリとした黒瞳には力がこもっており、また独特の色香が漂う。革のジャケットに赤いブラウスという装いだが、決して軽くはなく、むしろ魅力をいっそう引き立てた。

「おかえりなさいませ、女将」

九十九はいろいろ言いたい気持ちを抑えて、粛々《しゅくしゅく》と頭を下げた。その姿を見て、女将・湯築登季子は満足げにうなずいた。

「しっかりしてくれて、あたしも安心だ。つーちゃん、お客様をお出迎えしておくれ」

なんでもないかのように言って、登季子は玄関の外に待たせている客を示した。登季子がギリシャで営業して獲得したお客様だ。

準備をする間もなかったが、飛び込みの客など珍しくもない。お客様は、たいてい予約など取らずに訪れる。理由は単純でインターネットや電話など現代の文化に精通する神ばかりではないからだ。使い魔を寄越す客もいるが、そうとうまめな性分であるというだけの話だった。

九十九はキリッと表情を引きしめた。

「いらっしゃいませ。ようこそ、遠路はるばる湯築屋へお越しくださいました」

九十九は玄関から飛び出し、お客様に対していねいに頭を下げた。

「いらっしゃいませ、お客様っ！」

コマもトトトッと小さな足で隣に並び、チョコンとお辞儀する。

「うむ、よい。顔をあげよ」

いかにも厳ついい、太めの男声でお客様が言う。

「若女将の湯築九十九と申します。よろしくおねがいします」

「我が名はゼウス。そなたがワカオカミか」

ギリシャ神話の主神ゼウス。

目の前のお客様は、その名に恥じない威風堂々の顔つきで、まっすぐ九十九を眺めていた。見目は壮年の男性で、鍛《きた》えられた筋肉がたくましい。多くのギリシャ彫刻で表現されるゼウスの印象と然程《さほど》違いない。

威圧感にも似た独特の重み。神々を統《す》べる王たる空気に、九十九も流石に息を呑んだ。

まあ、「定時で帰る」と日本語で書かれたTシャツのせいで、だいぶ残念な空気も漂っているのだが。

「おお……これは、見事。トキコの言う通り、宿の者はキモノビジョであったか！」

九十九を見るなり、ギリシャ神話の全知全能の神は大袈裟に感嘆の声をあげた。

「きもの、びじょ？」

一瞬、なにを言っているのかわからず、九十九は間の抜けた表情を披露してしまった。遅れて、頭の中で「着物美女《キモノビジョ》」と正しく変換する。

「写真集で見たモクゾウヒラヤのニホンカオクとは違うが、これもよい。うむ。この宿、気に入ったぞ。おおっと、土足であがってはいけなかったのだったな？」

履物を脱いで玄関をあがろうとするゼウスに、九十九は落ち着いた声音で「どうぞ、お使いください」と、スリッパを示した。

写真でアニメのTシャツを着ていた段階で察していたが、履物を脱ぐという知識があることから、ゼウスは日本文化に一定以上の興味があるようだ。だからこそ、登季子も営業をかけたのだろう。

「お褒めいただきまして、ありがとうございます。日本にお詳しいのですね」

「二十余年前、お忍びで来て以来、何度も足を運んでおるぞ。前に行ったハコネも実に素晴らしいところであった。此度は我々を神としてもてなす特異な宿があると聞いて期待して来たのだ」

「では、ご期待に添えなければいけませんね」

「うむ。人に紛《まぎ》れての観光は、どうにも不都合も多くてな。気を抜くと神気で天候が変わったり、感激で雷が落ちたりと、くつろぐにくつろげぬ」

神様ジョークのように聞こえるが、彼らにとっては割と本気の悩みだ。普通に観光しているだけで天気が変わっては、堪ったものではない。だからこそ、神々は癒しを求めて湯築屋を訪れる。

「それに」

結いあげられた九十九の黒髪に、手が触れる。ビクリとして視線を上向けると、そこには微笑を浮かべたゼウスの顔があった。

「キモノビジョがいるだけで、心が和《なご》む」

「は、はい⁉」

完全に不意打ちを食らい、九十九は固まってしまう。

「お、おきゃくさま。ち、ちかいです⁉」

近すぎる顔に、どうしたものかと慌てふためいていると、背後から肩をつかまれる。九十九はそのまま、ゼウスから引き離されるようにうしろへよろめいた。

「いらっしゃいませ、お客様。ようこそ、我が縄張りへ」

ストンと腕の中におさまる九十九。

見あげると、不自然なほど優美に笑うシロの顔があった。

「し、シロ様？」

怒ってるよぉ……！

九十九はシロの言動から察して、冷や汗をかく。

わざわざ、縄張りなどという言葉を使って牽制《けんせい》したり、不自然なくらい綺麗な笑い方をしたり。自分の妻に手をつけられて、完全に怒っていることが見てとれた。

一瞬、ピリリと息苦しい空気が流れる。

「申し遅れた。儂が湯築屋のオーナー、稲荷神白夜命。生憎《あいにく》と、此れは我が供物《くもつ》にして、我が妻なりて。易々とくれてやることはできぬ。赦《ゆる》されよ」

「ほお……これは失礼。あいさつのようなものである。美しいキモノビジョは愛《め》でぬ理由がないのでな」

ゼウスはギリシャ神話の全知全能の神であるが、移り気の逸話も多い。

たびたび、女性関係の騒動を起こしては妻であるヘラ神の逆鱗《げきりん》に触れている。まさに、「浮気は文化」を体現したような神様なのだ。そういえば、どうでもいいが素足で靴を履いていた。

「コマ、お客様を案内して差しあげよ」

「はい、白夜命様っ……ささ。お客様、こちらへどうぞ」

コマに案内を任せて、シロは九十九の肩を抱いて奥へと下がる。

「それでは、堪能させてもらうぞ。ワカオカミ」

ゼウスは別段、気分を害した様子もなく、快活に笑いながら部屋へと進んでいった。本人が言っていたように、本当に「あいさつのようなもの」だったのだろう。

一触即発かと思ったが、心配ないようだ。九十九は胸をなで下ろす。

「まったく。美しい妻を持つのも、考えものだな」

「う、美しいとか……わたし、普通の高校生なんですけど」

「九十九の普通と儂らの普通は異なると、まだ理解しておらぬか？」

美しいなどという形容詞がむず痒《がゆ》くて否定すると、シロは真顔で九十九を覗き込んだ。

琥珀色の瞳がまっすぐに、九十九を射貫く。

若女将として着飾ってはいるが、九十九はまだ高校生。学校へ行けば普通の学生だし、モデルでもなんでもない。それどころか、クラスで特別モテるわけでもない、極々平凡な女の子だと自分では思っている。

「美しいとは、顔ばかりではない。いや、顔も美しいが……その甘い神気が、妖を誘うのだ。理性を持った神霊なればともかく、下級の妖や堕神《おちがみ》に会おうものなら……目が離せず、日々儂も心配しておる」

「は、はあ……」

自覚はないが、シロが言うならば、そうなのだろうと、九十九は無理やり納得する。仕事をサボってテレビにハマる駄目夫ではあるが、基本的にシロが嘘をつくことはなかった。いろいろはぐらかされていると感じる場面はあるが。

「ともかく、気をつけよ」

「まあ、はい……」

なにを、どう気をつけろと。

自覚がないまま九十九は浅くコクコクとうなずいた。

「ところで、登季子はどこだ？　客と一緒に帰ってきたのではないのか？」

「ああ……お母さんなら、たぶん、シロ様が出てきちゃったせいで――」

シュッシュッ。

スプレーを噴出する音がした。

九十九はハアッとため息をつきながら、音の方向にふり返る。

「お母さん。シロ様は動物じゃないよ」

障子の陰に身を隠しているのは、女将の登季子であった。

使い捨てのマスクを装備し、ゴーグルをかけている。手には消臭スプレーが握られていた。

「わかってるんだけどね！　昔から無理なのよ！　見てるだけで、鼻が……っくしゅんっ！」

「コマは平気なのに、シロ様がダメっておかしくない⁉　動物要素の比重なら、コマのほうが高いよね！」

「苦手意識かしらね。その尻尾見てると、もう無理っくしゅんっ！　ほら、コマより尻尾が大きいでしょう？」

「基準は尻尾なの⁉」

登季子は何度もくしゃみをしながら、消臭スプレーをシロに向かって噴射し続けた。

湯築家では力の強い巫女が代々、シロとの婚姻を結んできたわけだが――登季子がシロと夫婦になれなかった理由が、これだ。

動物アレルギーのせいで、シロに近づくことができない。コマは小さいからOK判定だが、シロは駄目らしい。女将なのに海外向けの営業活動を行って旅館にほとんど帰らないのも、ここに起因している。

「見るだけで拒絶されるのも、毎度のことながら複雑ではあるな」

「はは……とりあえず、お母さんは部屋に帰っていいよ。お客様のお相手は、なんとかするから」

九十九は登季子からシロを遠ざけようと歩調を速める。シロもいつものことなのであきらめた様子。

「ああ、つーちゃん。一個だけいいかい？」

登季子がシロにあまり近づきすぎないよう距離を保ちながら、九十九を呼び止めた。

「ゼウス様は、あの通り日本文化がお気に入りなんだけど、今回の旅行には特に期待しているみたいよ」

「うん、さっきも言ってたけど……」

「神様を相手にした商売なんて、世界中にもそうそうたくさんあるわけじゃないの。だから、たぶん、それなりにわがままを言うと思うわ」

神様を相手にした商売はほかにもないわけではない。神様専門の料理店や家電販売店など、多岐にわたっているが、旅館やホテルの類は、日本国内だと湯築屋を除くと三軒しかない。海外でも同じようなものだろう。

神々が人間世界の文明を享受する際は、基本的に人に紛れることになるが、正体を隠すことはそれなりのストレスになってしまうのだ。

湯築屋に来る神々はありのままの姿。神本来の形をもって訪れる。

故に、湯築屋のお客様の多くは、神様特有の少々わがままなサービスを求めることがある。

それは決して迷惑な客ではない。

むしろ、気兼ねなく神気を癒していただくためには必要な要求。

「ゼウス様のご希望はシンプルよ。温泉もだけど、特に料理。この旅でしか味わえない日本を食したいそうよ」

この旅でしか味わえない、日本。

九十九は言葉の意味を呑み込もうと、思考を巡らせる。

それは言葉通り、この旅を楽しみたいということなのだろう。

しかし、ここは神様の旅館「湯築屋」だ。いつも通りのサービスを提供するだけで、ほかにはない旅を味わっていただける自信はある。外国の神様が相手なので、一括《ひとくく》りに「和食」全般ならそれなりに応えられるだろう。

でも、きっと、それじゃあダメなんだ……。

「わかった、お母さん。がんばってみるね」

九十九はニコリと笑いながら、登季子の言葉にうなずいた。

とは、言ったものの。

——この旅でしか味わえない、日本。

「なぁんか、旅行会社のキャッチコピーみたい」

カランコロン。

客のいない露天風呂につかりながら、九十九は独り呟《つぶや》いた。

道後の温泉は熱めの源泉と温《ぬる》めの源泉を混ぜあわせて、温度管理を行っている。湯築屋では、少々熱めだが四十三度で湯を提供していた。長湯には向かないが、身体の芯《しん》まで温まり、発汗によって老廃物を体外に出すことができる。

昔はちょっと熱くて苦手だと思っていたが、慣れるとこれが実に気持ちいい。お客様が入浴する前の朝風呂は九十九の日課であり、癒しのときでもあった。

早朝ではあるが、結界の内側なので空は太陽のない黄昏色。藍色を背景に、桜が白く浮きあがるように咲いている。

もっとも、この桜はシロが生み出す幻影であり、本物ではない。季節によって、花の種類を変化させることができる。

紛《まが》い物の花。

「ずいぶんと真剣にお考えのご様子。もしかして……恋のお悩みかしら？」

一人きりの露天風呂に、クスクスと鈴のような笑い声が聞こえる。

九十九は驚きながら、隠れようとスッポリと首まで湯船につかった。濡れた髪はタオルに包んであげているので、湯には落ちない。

「驚かせないでくださいよ……天照様」

「あら、申し訳ありません」

客のいない露天風呂に現れたのは天照大神だった。岩戸の間に引きこもり、もとい、連泊中の客である。

普段は部屋からあまり出ないが、時折、九十九が朝風呂に入っている時間に現れるのだ。慣れてはいるが、唐突なので気が抜けない。

「恋の悩みは実にいいものですわ。輝かしい！　とても素敵なことなので、この天照に打ち明けてみてはいかがでしょう？」

「いやいやいや、そもそも恋の悩みではないので……」

お客様に恋愛相談する若女将ってどうなのよ。その前に、恋の悩みでもなんでもないし。

九十九は内心で苦笑いしながら、天照を見あげる。

少女の姿をした日本神話の神は、一糸まとわぬ身体を隠しもせずに、湯船のほうへと歩く。見目は十にも満たない幼さだが、胸のふくらみやウエストのくびれがあり、「女性」の身体であると思わせた。

幼さと成熟した女らしさが両立しており、奇妙な妖しさがある。シロとは別の意味で美しいと感じざるを得ない。いつもは部屋にこもってアイドルのDVDを鑑賞しているが、やはり目の前にいるのはお客様《かみさま》なのだと、九十九は実感する。

「そうなのですか？　人の女子《おなご》は恋に悩むと輝くものなのに」

「たしかに恋をすると綺麗になるって言いますけど、わたしは別に綺麗じゃないし……」

「そうでもなくってよ？　あなたは十二分に美しく、眩い」

湯の中に白く艶めかしい足を滑り込ませながら、天照は薄く笑った。

まるで、船乗りを誘《いざな》う人魚のように、天照は九十九の頬に手を触れた。

「もったいない。稲荷神の供物でなければ、この天照がもらいますのに」

「天照様？」

「気をつけなさい。あなたの身体、蜂蜜のようですわ。とろとろと甘いだけでなく、内から輝いています。釣られた妖に食べられてしまわないよう、ご注意を」

天照の指が九十九の唇《くちびる》をなぞる。

ぞくりとするような感覚に九十九は息を呑み、言葉を失った。

「本当に、残念」

だが、次の瞬間、霞《かすみ》のように天照の表情が揺れる。幼い少女の姿をした女神の身体が、ぼんやりと湯けむりの向こうへと消えていった。

「客と言えど、我が妻に手出しする者は容赦せぬ」

姿を消していく天照と入れ替わるように、湯船につかった九十九をうしろから抱きあげる腕があった。

どんな腕力をしているのか。九十九をヒョイと片手で持ちあげたのは、唐突に現れたシロだった。九十九は反射的に脇に置いてあったタオルで身体を隠す。

「あら、いつもお世話になっていますから、経験豊富な女神として恋愛相談にのっていただけですわ」

「嘘申せ。あわよくば、巫女の神気を味見しようとしておったくせに」

「人聞きが悪いです。そんな畏《おそ》れ多いことなど、できるはずもありません。この国の神霊ならば、皆あなた様に頭《こうべ》を垂れますのに」

「黙れ」

シロはこのうえなく不機嫌な表情で天照を睨んだが、天照はこれ以上、なにも言う気がないようである。

九十九は天照の言葉に違和感を覚えながらも、小さく丸まっているしかなかった。

「嗚呼、若女将。今日はＣＤを買いにいきますので、外出しますわ。店舗販売限定のポスターを入手しなくてはなりませんから。こればっかりは、通販では難しいですからね。悪しき転売屋は撲滅《ぼくめつ》せねばなりませんし」

最後にそう言い残し、スゥッと強い神気と共に姿を消した。部屋へ帰ったのだろう。

「九十九、大事はないか？」

シロは腕の中に抱えた九十九を心配そうに見下ろした。お客様と話していただけなのに、大袈裟だ。

けれども、そんなシロの心配など、九十九にはどうでもいいことであった。

「シロ様……」

「なんだ？　どうした、九十九？」

「もしかして……わたしのお風呂、覗《のぞ》き見てましたか？」

裸体のまま、隠すものなど申し訳程度に巻いたタオルしかない。九十九をまじまじと見下ろすシロの顔めがけて、強烈なアッパーが炸裂《さくれつ》する。

シロは避ける間もなくうしろに仰け反って、九十九から手を放す。その隙に、九十九は露天風呂の岩陰に隠れた。

「やだ、見ないでください！　というか、タイミング的にずっと覗いてましたよね⁉　そうですよね⁉」

「九十九よ、儂は心配して毎日……それに、九十九は儂の妻ではないか！　なにを今更恥ずかしがっておる。むしろ、積極的にもっと見せるべき——ごふぁっ」

「最低です！　最ッ低ッ！　出てけ、このスケベ神！」

「ス、スケベ？　儂のことか⁉　儂はまだ欲情しておらぬ！」

「黙れ、バカ神！」

「はあ⁉　ば、莫迦となな⁉」

近くに置いていた風呂桶を投げつけると、見事顔面に直撃。更に、足元に向かって固形石鹸を滑らせてやると、これまた綺麗にシロの身体が傾いた。

湯の中へと沈んでいくシロには目もくれず九十九はそそくさと脱衣場に逃げた。浴場で走るのはよろしくないが、緊急事態だ。よい子は真似しないように。

「もう、ほんっと最低！」

ブツブツとシロへの文句を垂れながら、九十九は着替えを済ませ、学校の支度をした。

2

パンッ、と弾ける乾いた音。

長い銃口の先にあったものが崩れ落ちる様を見て、九十九は勝利を確信した。

「勝った！」

パンッ！

もう一発、隣で音が弾けた。

硝煙《しょうえん》のあがらない銃口の先に、京がフゥッと息を吹きかけている。前方を確認すると、小さな緑の人形が落下していた。

「うちに勝とうなんて、百年早いんよ」

京は余裕の表情で九十九を見下ろす。悔しいが、一七〇センチ近い長身の京に比べると、九十九などちんちくりんの域を出ない。グギギギっと、奥歯を鳴らして友人を睨みあげるしかなかった。

「うう……また負けた」

「ま、がんばりたまえ！」

言いながら、京はおもちゃのライフルを机に置いた。

道後のアーケード街の外れにある的屋《てきや》である。店内に並んでいるのは大中小の人形と、おもちゃのライフル。そして、景品のおもちゃの数々だった。システムは単純で、的である人形を狙って撃ち、当てたポイントに応じて景品を選ぶことができる。

毎回、九十九は京に挑んでは敗れてしまう。運動神経は悪くないと思うのだが、京のほうが、こう言ったゲームを得意とするのだ。

「じゃあ、今日は『はるか』が欲しいなぁ」

「わかりましたぁ……」

的屋での成績で、「ちゅうちゅうゼリー」をおごる約束をしていた。

毎度負けるのに賭けに乗った理由は、たぶん、九十九が負けず嫌いだから。同じように、京も時々負けず嫌いを発揮することがある。幼稚園のころからのつきあいなので、お互いの性質は理解しているつもりだ。

九十九たちは的屋を出て、アーケード街で「ちゅうちゅうゼリー」を買い求めた。

「ゆづは、『せとか』しか食べんね。いろいろ試せばええのに」

「京が浮気していろいろ手を出しすぎなの」

愛媛県の名物として売り出されているものと言えば、なんと言ってもみかんだ。とはいえ、愛媛みかんは近年、日本一の生産量ではなくなっている。

今、愛媛県のみかんは量ではなく、質。いわゆる、ブランドみかんの生産に力を入れていた。

紅《べに》まどんな、せとか、甘平《かんぺい》、はるみ、清見《きよみ》、伊予柑《いよかん》、デコポン……様々なブランドみかんが生産されている。それらの柑橘《かんきつ》をゼリーにしてパック詰めされたスイーツが県内のあちこちで売られている。これが「ちゅうちゅうゼリー」だ。

九十九はもっぱら、せとかのゼリーを好んで飲むが、京は気分で種類を変える。

京が今飲んでいるのは、はるかのゼリー。ニューサマーオレンジの実生《みしょう》から選抜育成された品種で、酸《す》っぱすぎない爽やかな甘みが特徴だ。

「んー。適当やけん、こんなん。名前のフィーリングで選びよるし。どれ食べても、それなりに美味いからいいんよ」

「京らしいなぁ……」

パックの蓋《ふた》を開けて飲み口からゼリーを吸い込むと、濃厚な甘さだが、爽やかな喉《のど》ごしのせとかの旨味が口いっぱいに広がる。

保存料は使わず、柑橘そのものの味を閉じ込めたゼリーはお土産《みやげ》としても人気だ。もちろん、手軽に飲めるパックのゼリーなので食べ歩きにも適する。

「くぅ……やっぱ、美味しいー……はあ。家に帰らない間が癒しよ」

九十九は最後のゼリーをちゅるりんと飲み込んで、空気を抜きながらパックを上手にクルクル丸めて蓋をする。

「こんなときに、奴隷アピールやめーや。別にちょっとくらいサボってもいいんやろ？」

「いや、仕事の話じゃないから。むしろ、家の仕事は好きだし楽しいよ」

「あー、あれか。ごめんねぇ。疲れてるのは、いつものノロケ話のほうか」

「の、のろ……!? 誰が、いつ！」

思わず、声をあげて抗議する。京はそんな九十九を眺めて、ニヤニヤと意地の悪い笑みを浮かべている。

「例の居候彼氏」

「違うってば！　だいたい、あんなの全然タイプじゃないし⁉」

「ほほーう。どんな彼なのか、教えて教えて」

「だから、そういうのじゃないし……！」

「だって、ゆづはいっつも家にあげてくれないしさぁ……一回くらい紹介してくれてもいいのに」

　京は面白くなさそうに唇を尖らせる。

　湯築屋には神気を使えない従業員もいるが、流石に宿の性質上、只人である京をあげるわけにもいかなかった。

　それに、シロの結界のせいで、予定が合わないようになっていたり、不思議と京の都合のいいときに「行きたい気分にならない」ようになっていたりする。

　仮に、九十九が招いても、適当な幻《まぼろし》が見えてすぐに帰りたい気分になるようだ。流石に、そうなるとわかっていて、友達を家に呼ぼうとは思わない。

「……いや、まあ、とにかくイケメンというか、めちゃくちゃ美人なのは間違いないんだけど……うん。女の人みたいで、無駄にスキンシップが多くて……近づくとすごい緊張するっていうか、落ち着かなくて、みたいな？　わ、わたしは、もっと落ち着ける頼もしい人がいいの！　きっと、そうよ。男らしい屈強でマッチョな人とか、厳つくて堂々としたタイプのほうがいいのよ。たぶん！」

シロはひかえめに言って超がつく美形である。アレにときめかないなど、ありえないと、九十九は思っている。これは九十九の好みが真逆だからとしか思えない。

幼いころから一緒にいるせいで、どうも夫婦という実感もなければ恋をしたという記憶もない。お嫁さんごっこの延長線で単純に嬉しいと思っていた時期もあったけれど、大きくなるにつれて「なんか違う気がする」と思うようになっていった。

たしかに、緊張でドキドキしたり、たまに自分でもビックリして心臓が止まりそうになることはあるけれど……あれは、シロが美形すぎるせいだと、九十九は解釈している。慣れているとはいえ、あの顔が近くにあると落ち着かないものだ。

「とにかく、違うの！」

「そんなに怒らんでも」

「お、怒ってないし！」

「ほうなん？」

ぷいっと頬を膨らませながら、九十九は自宅へと帰る道を闊歩《かっぽ》する。顔が熱いし、なんだか身体がカッカッする。

京の言う通り、怒っているのだろうか。たぶん、怒っていたのだろう。だって、——自宅付近まで、自分のあとを尾行《つけ》る存在に気がつかなかったのだから。

「その」

「はい？」

声をかけられ、九十九がふり返ると、そこにあったのは美女の顔だった。

昼下がりの光に揺らめくは、豊かな黒髪。シャンプーのCMでよく見る「芯から輝く黒髪」とは、このことだろう。緩く波打った黒髪が縁取るのは、彫像のように整った美貌《びぼう》である。日本人ではない。

装飾品などいらない美の化身と言えば大袈裟だが、まったくもって、その言葉通りの女性が目の前に立っていた。

「道をお訊《き》きしたいのだけれど？」

「目的地を教えていただけたらご案内しますよ？」

質問は至極簡単なものだった。シンプルに、この美形の外国人は迷子なのだろうが……

九十九は本能的に気持ちを引きしめ、口調が仕事モードに移行する。

「宿屋です。夫が泊まっている宿を探しているの……私の夫、ご存じない？」

質問の内容よりも、九十九は背筋に走る悪寒《おかん》のほうが気になった。

女性から溢《あふ》れ出るのは魅惑《みわく》のフェロモン。

「いいえ、知っているはずだわ」

しかし、それだけではない。

「もしかして……あなたがお探しの宿は、湯築屋ではありませんか?」

九十九が口を開いた瞬間、女性の身体から隠し切れないほどの神気が溢れ出る。

神気の流れは神聖であり、高貴。神秘の光に人は平伏す。されど、九十九が感じとった神気は人々が崇め讃える神の威光ではない。

災《わざわ》い為す神の怒り。

厄災の神気であった。

「やっぱり……あなた、夫の匂いがしますもの。私の夫の匂い」

女性の黒髪が風もないのに蛇《へび》のように波打つ。

美しい貌《かお》はみるみるうちに悪鬼のような形相に変化し、ヘーゼル色の鋭い眼光が九十九を睨んだ。

「うっ」

九十九はとっさにうしろへ逃げた。すると、女性の髪が生き物のようにうねり、九十九を追いかけてくる。九十九は叫ぶ間もなく、身の危険を感じて走り出した。

この女性は間違いなく人ではない。

「お客様、こんな場所で神気を使われると困ります……! 隠してください!」

「うるさい!」

九十九の言葉に耳を傾けることなく、女性は髪をふり乱した。

九十九は逃げながら、カバンにつけた肌守りを引っつかむ。ブチッと紐《ひも》が切れる音も厭《いと》わず、九十九は紺色の肌守りを自分の額《ひたい》に当てた。

「稲荷の巫女が伏して願い奉《たてまつ》る　闇を照らし、邪を退ける退魔の盾《たて》よ　我が主上の命にて、我に力を与え給《たま》え——っぎゃぃ!?」

なんとか言い切ったところで、右足を強く引っ張られる。

長い黒髪が九十九の足をつかんでいた。九十九はそのまま宙吊《ちゅうづ》りにされ、視界が逆さに揺れる。スカートの下にハーフパンツを穿《は》いていてよかった！　と、何故かどうでもいいことを考えていた。

「夫の匂いのする女……しかも、極上の神気まで。間違いない。あの人が好きそうな娘よ……また浮気したのね。今度は豚にしようかしら？　鹿にしようかしら？」

女性はブツブツと呟きながら、九十九に殺意をぶつけた。同時に髪の毛の束が刃物のように鋭くとがり、襲《おそ》いかかる。

「なんのことか、わかりませんっ！」

九十九が叫ぶと、両手に白い光が宿った。

手をあわせると、目の前に薄いガラスのような膜が一枚現れる。九十九は宙吊りにされたまま、女性に向かって両手を突き出した。

いつも身につけている肌守りには、シロの髪の毛が入っている。これを依《よ》り代《しろ》とすることで、シロの神気の一部を九十九も扱うことができるのだ。巫女としての最低限のたしなみといったところか。

稲荷神白夜命の神気は邪を祓《はら》う光である。湯築屋を覆う結界を構成するのと同質の神気が肌守りに込められていた。もっとも、シロと同じように強力な結界を作ったり、神々と張りあったりするほどの力はなく、あくまで護身用の域を出ない。

薄い光の膜は髪の毛の刃を防いで弾き飛ばした。

「こんなもの……！」

女性は怨念《おんねん》こもる声で九十九を睨みつける。だが、同時に、蛇のごとくうねっていた髪の毛の束が、力の抜けたようにバラバラになっていった。

シロの神気に触れて、怒りの神気が浄化されたのだ。

「今のうちっと！」

解放され、九十九は一目散に旅館を目指して走った。

この角を曲がれば、湯築屋はすぐそこだ。

敷居を跨げば、そこは結界であり、稲荷神白夜命の領域。

女性が名立たる神であろうとも、結界の内側では神気は制限される。だからこそ、湯築屋でお客様は狼藉《ろうぜき》を働くことはできないし、シロもそれを許さない。

逆に言えば、強力な結界を敷いているが故に、シロはその場から易々と動くことができない。シロは湯築屋の創業以来、ずっと結界の中で暮らしている。

「はあっ！　はぁ……！」

湯築屋の門が見える。

風に揺れる暖簾の下を潜ろうと、九十九は力の限り道路を蹴ったが、自由自在に動く黒髪の渦がそこまで迫っている。

「も……だ、め……！」

再び足をつかまれ、九十九の身体が前に大きく傾いた。

手を伸ばすが、ギリギリのところで門に届かない。

「まったく……我が妻は厄介なものを惹《ひ》きつける天才のようだな」

フッと耳元を風が通り過ぎる。

陽の光を吸っても損なわれない深い黒髪が白い肌に落ちる様は艶やか。気がつくとシンプルなブラックジーンズと白いシャツを着た青年が、九十九の手を引いていた。

誰かに似ているが。

「あ……」

「疾《と》く、入れ」

急に九十九の身体が浮きあがり、開かれた湯築屋の門へと吸い込まれる。手足に絡《から》まっていた髪の毛も外れており、解放されたのだと気づいた。

「えっと」

顔をあげると、青年の姿はなかった。代わりに、無数の髪の毛が押し入るように、門の隙間から湧きあがっている。

「案ずるな。外界用の傀儡《くぐつ》よ」

歌うように美しい声にふり返る。

絹のような白い髪と、藤色の着流しがフワリと揺れる。大きな白い尻尾が、安心させるように九十九の頬をなでた。

シロの手元には、呪術に使われる人形《ひとがた》の紙札が握られていた。

そこでようやく、先ほどの青年はシロが結界の外へ出るための「傀儡」であったことを理解する。要するに、自分の身代わり人形だ。

強い結界を維持するために、シロは外へ出ない。必要時は自分の意識を移した傀儡を使うことがあった。現代的な言い方をすれば遠隔操作だ。

「私の夫……旦那様……浮気なんて許さない……許さない……許さない。許さない、許さない許さない許さない許さない許さない許さない！」

髪の毛を操る女性が結界内に侵入する。

いくら高名な神でも、結界の内側では影響があるものだ。けれども、女性の神気は多少揺らいだ程度で、まったく弱まる気配がない。

それほど、怒りが激しいのだ。まるで、嵐のようだった。

「う……シロ様……！」

九十九は不安になってシロを見あげたが、シロは焦るどころか涼しい顔で、煙管を口に含み、フゥッと煙を吐き出している。

「案ずるな。それほど長くは持つまい。それにしても、女神の嫉妬《しっと》というものは恐ろしいものだな。一時でも我が結界の中で力を保つとは、素直に感心する」

「のんきすぎますよ！　……あれ？」

しかしながら、シロの言う通りであった。しばらくすると、満ち溢れていた怒りの神気が押さえつけられるように小さくなっていった。劫火《ごうか》のようであった怒りが、灯火《ともしび》のように消えていく。

女性は悔しそうにシロを見あげていた。伸びていた髪も、だんだんと短くなっていく。

シロの結界の力を目《ま》の当たりにすることは少ない。九十九は口を半開きにしたまま、目の前の事象を眺めているしかなかった。

そのとき、宿の玄関から誰か出てくる気配があった。

「おおー！　ワカオカミよ。そろそろガッコウから帰る頃合いであると思っておった！　早くキモノに着替えて、余の晩酌《ばんしゃく》を――げっ」

ご機嫌の表情で出てきたのは、宿泊中であるギリシャ神話の天空神ゼウスであった。

しかし、ゼウスは門の前に立つ女性を見るなり、一転、青ざめた顔で肩をがくがくと揺らしはじめる。

シロが不敵に微笑《ほほえ》んだ。

「おう、これはゼウス殿。喜び給えよ、愛しの奥方がお見えだ」

奥方？

シロの言葉に九十九は首を傾げたけれど、すぐにこの状況を理解する。

ゼウス神は移り気の神であり、女性関係の逸話も多い。

そのたびに怒り狂って鉄槌《てっつい》を下すのが、女神ヘラ――ギリシャ神話の女神であり、ゼウス神の妻である。ヘラはゼウスが浮気するたびに、相手の女性に悲惨な末路を与えたという。

「じゃあ、この方って……」

ゼウスの姿を見た瞬間、渦巻いていた髪の毛がピタリと動きを止める。

「あら……やだ……」

荒ぶる神気の女性――女神ヘラは白い顔をほんのりと赤らめて、甘い笑顔を作った。そして、色気のある女らしい仕草でゼウスに向かって駆けていく。

九十九を追っていた鬼の形相とは違いすぎて、なにが起こったのか理解できなかった。

「ダーリン、来ちゃった！」

まるで十代の乙女のような声音で、ヘラはゼウスの胸に飛び込む。

ゼウスは引きつった苦笑いで、妻の身体を受け止めた。

「へ、ヘラ⁉　何故、此処へ……」

「また置いていかれて、ヘラ、寂しかったのですぅ。どうして、一人で行っちゃうのですかぁ？　ダーリンがまた浮気しているかもしれないと思うと、夜も眠れなくて……もうダーリンが浮気できないよう、人間の女を全部、豚に変えてやろうかと思っていたところよ？」

「う、浮気⁉　そ、そ、そそそのようなことなど、するはずもなかろう！　此度は、まだ愛人を作れておらぬ」

ゼウスがたどたどしく受け答えする。

「まだ？」

甘い笑みを貼りつけたまま、ヘラは鋭い視線を送る。ゼウスは急いで首を横にふりながら、「未来永劫、作るつもりはない！」と訂正した。

「本当に？　じゃあ、ヘラも一緒にお泊まりしてもいいかしらぁ？」

「も、もちろんだとも……！　一緒に観光でもしようではないか！」

「うふ。嬉しい！」

そんな夫婦の光景を眺めて、九十九はようやく気の抜けた息をついた。

「お客様が増えたようだ。もてなしてやれ」

「そうみたいですね……」

落ち着く間もなく、九十九は立ちあがる。

「もしかして、シロ様」

「なんだ？」

「……ゼウス様がわたしに手を出さないよう、ヘラ様に居場所を教えましたか？」

「さて……なんのことだか」

あ、こいつ、絶対に告げ口したわ。

声に出さず確信しながら、九十九はシロを睨みつけた。

そんな視線など気にせず、シロは九十九の顔を無遠慮に覗き込む。

「な、なんですか」

「擦《す》り傷がある」

「へ？」

指摘されたときには、遅い。

シロの顔がグッと近づき、九十九の頬に唇を寄せる。一瞬のうちに、頬を軽く舐《な》められていた。

「なっ⁉　なに、するん、で、す！」

「擦り傷程度なら、舐めておけば治る」

傷には唾《つば》をつけて治せ理論にしては大胆ではないか。

しかし、これがあながち間違いでもない。実際に、シロには癒しの力がある。擦り傷程度なら一瞬だろう。九十九が急いで舐められた頬を擦ると、指に血はつかなかった。

「美しい顔に、いつまでも傷が残るのはよくないからな」

「だ、だからって……！　セクハラですっ！　スケベ！」

「なんだ？　儂は、なにか間違っていたか？」

全然伝わってない！

キョトンと首を傾げるシロの顔に悪気は一切ない。恐らく、スケベ心の欠片《かけら》もないだろう。こういうところが、ズレているというか尺度が違うと感じてしまう。

九十九が独りで憤慨していると、ようやくシロはなにかに気づく。

「嗚呼、そうか。そういうことか」

やっとわかったか！　駄目夫！　そう叫ぼうとした声を阻止するように、いきなりシロが九十九の顔に近づいてきた。

「頬ではなく、口にしてほしいという意味なら、疾く言えばよかろ――」

「全然、わかってなーい！」

今度は明らかな下心が見えていたので、九十九は心置きなくアッパーをかましてやった。

3

愛媛県といえば、みかん。

全国的なイメージは、そのようなところだろう。

しかしながら、瀬戸内海に面した漁業の盛んな県でもある。マダイやブリ、ヒラメなど新鮮な魚を食べるのに苦労はしない。

「ここでしか味わえない日本って、なんだろう?」

お客様——ゼウス神からの注文に、九十九は頭を悩ませる。

客室から下げた膳には、空っぽの食器が並んでいた。どの料理も完食されており、不満など感じられない。実際、お客様からは文句も出ていなかった。

けれども、「満足している」という言葉も聞いていない。

新鮮な魚を使った海鮮料理も、温かいご飯とみそ汁の朝ごはんも、実に日本らしいだろう。今日は釜《かま》で炊いた鯛めしをメインにした和食の膳だった。日本への観光を目的に訪れたお客様のご期待に添えるものであることは、間違いない。

でも——。

「つーちゃんは本当に真面目だね」

厨房《ちゅうぼう》に入ると、優しい声をかけられる。

ふんわりと香る出汁《だし》の匂い。上品な昆布の香りは優しく、九十九の好きな匂いの一つだった。

厨房に立った男性は、そのふんわりした出汁の香りのような優しい笑顔で、九十九を迎え入れた。

「お父さん」

九十九の父である、湯築幸一《こういち》だ。

登季子と結婚し、婿に入った父は、旅館の食事を支える立派な板前である。元々はフレンチのシェフをしていたが、湯築屋に迎えられるにあたって、和食へ転身した。

登季子が動物アレルギーでなかったら、きっと許されなかった結婚。そして、自分も生まれなかったのだと思うと、九十九は時折、感慨深くなる。

「つーちゃんは、本当にお客様が好きなんだね」

幸一はふわりとした表情のまま、九十九の前に丼を置く。

「あ！　アジ！」

九十九は黄色い声をあげた。

小ぶりの丼茶碗に盛られているのは、熱々の白いご飯。

その上に並ぶのは、タレ漬けにした分厚いアジの刺身である。トッピングは刻んだ青ネギとミョウガ、そして、みかんの皮だ。

「ね、ね？　岬《はな》アジ？」

「うん、そうだよ。お客様にお出しした残りを使った賄《まかな》い飯。冷めないうちにお食べ」

「お父さん、ありがとう！」

豊予《ほうよ》海峡で育ったアジとサバは運動量が多く、身がプリッと引きしまっているのが特徴だ。大分県側で一本釣りされると「関《せき》アジ」、「関サバ」と呼ばれ、ブランド魚として出荷される。一方、同じ豊予海峡のアジやサバが愛媛県側で一本釣りされたものが「岬アジ」、「岬サバ」だ。

水揚げされる場所で名前が変わるが、違いはない。

スプーンで丼を軽く混ぜると、ふわっと湯気があがる。ツヤツヤの白ご飯に、醤油ベースのタレが染み込んでいた。アジは切れ端だが身が厚く、脂《あぶら》が乗っているのが見てとれる。

「んー。美味しい！」

口に含むと、ご飯の熱さと刺身の冷たさが絶妙にマッチする。

アジは脂が乗っているが身が引きしまっており、いくら噛んでも飽きがこない。ネギとミョウガと一緒に、みかんの爽やかな香りがスッと鼻に抜けていく。

この甘苦いが爽やかな柑橘の風味が最高なのだ。これが丼の味をいっそう引き立ててくれる。

「つーちゃんは本当に美味しそうに食べてくれるから、いつも作り甲斐があるよ」

「そうかな？　美味しいものは美味しいからしょうがないよ」

「そういうところ」

「美味しいものを、美味しく食べれるように調理してくれるお父さんと、それを考えた昔の人に感謝するだけ」

「料理は昔からあるものだけとも限らないよ。B級グルメとか、僕も結構感心させられる」

「焼き豚卵飯！　鯛出汁ラーメン！」

「うん。美味しいよね」

土地を活かした美味しいものは、たくさんある。様々なブランドが開発されている柑橘類もそうだ。豚や鶏も美味しい地物が出回っている。

「この地は美味いものに溢れておる。特に油揚げは至高の逸品」

丼をパクパク食べる九十九の隣で、涼しい声が聞こえた。

いつの間に。

ギョッとしてふり返ると、シロが隣に座っている。

「シロ様、いつからいたんですか？」

「なにを。儂はいつでも、九十九と一緒だ」

「ストーカーみたいなこと言わないでください。というか、ストーカー!」

「照れずともよい」

シロは口にポイッと油揚げを放り込みながら、琥珀色の目を細めた。

お稲荷様と言えば、油揚げ。

シロも例に漏《も》れず、油揚げを好物として酒のつまみにしていた。松山名産の「松山あげ」だ。サクッとした食感の後にフワッとした軽やかさが特徴で、普通はみそ汁や炊き込みご飯、鍋物などに用いられる。

松山あげが出汁を吸うと最高にジューシーでコクのある味わいになるのだ。シロの場合はサクサクした素の食感を楽しんでいるが、こういった食べ方をする人間は、ほとんどいない。

「やはり、これを味わわんことには、この地に来た意味はないというもの」

「いや、松山あげ美味しいですけど、別に必須級ってほどじゃないと思いますよ……?」

「なに? こんなに、酒とあうのに!」

「お酒とあうかどうかは、わたしにはわからないですけど。そのまま食べても、大して味しないじゃないですか。煮物とか、お味噌汁に入れるべきです。それが一番美味しい食べ方なんです」

「九十九には、この天上の神々を地に降ろし、留まらせるほどの美食が理解できぬというのか」

「シロ様は天津神《あまつかみ》じゃないから、天から降りてきてないですよね？」

「いや……喩えだ、忘れよ」

そんな言いあいをしていると、幸一が笑顔のまま一皿、九十九の前に置く。

今の間に、一品作ってしまったらしい。流石はプロの料理人。

「え、これって」

「そのままでも、結構美味しいよ」

シロが食べているのと同じ松山あげだった。

ネギと生姜《しょうが》をまぶし、少し焦げ目がついているので、火で炙《あぶ》ったのだと理解できる。

そこに、幸一は柚子《ゆず》の皮を擦ってひとふり。ポン酢が入ったビンを横に置く。

「でも、ただの油揚げ……だし？」

九十九は疑心暗鬼になりながら、松山あげの炙りを睨む。これ自体に味はなく、本当は煮込み料理に使う。少しコツが必要だが、いなり寿司だってできる。

けれども、擦りたての柚子の香りが食欲をそそり、

「あ……」

口に入れた途端、九十九の顔が綻《ほころ》んだ。

外はカリッカリッのパリッパリッ。中は油揚げらしく、じゅわっとジューシー。松山あ

げのサクッとした軽やかさが活かされて、なんとも言えない食感が味わえた。

ポン酢をかけると、味をよく吸って、これまた美味。

ああ！　たまんない！

学校と旅館の仕事を終えた身体を癒すには充分であった。

「ほぅら。儂の言う通りであろう？」

シロが勝ち誇りながら九十九を覗き込んだ。さり気なく、九十九の炙り松山あげを奪おうとしていたので、皿を持ちあげて応戦する。

「で、でも、これは炙ってるし。シロ様みたいに、そのまま食べたりしてないし」

「負けず嫌いな九十九も愛らしい」

「うぅ」

残りの丼を掻き込んで、九十九は表情を誤魔化した。

「もっとシンプルにお塩もあるよ？」

幸一が提案しながら、伯方《はかた》の塩を置く。

「……いただきます」

まあ、美味しいものは美味しい。これは歪《ゆが》めようのない正義であり、真理だ。しょうがない。認めたくないが、完敗だと思い、九十九は伯方の塩のビンを軽く松山あげにふりかける。

――ここでしか味わえない日本。

「あ」

漫画のように、頭の上で豆電球が灯った感覚。

「ねえ、シロ様。お出かけするから手伝ってください！　あと、お父さん。明日のメニュー変更できますか⁉」

立ちあがりながら宣言した。

我ながら、名案である。そう疑っていない九十九は、自分の発言によって大いに勘違いしたシロの尻尾が物凄い勢いでフリフリとふられていることに気がつかなかった。

「お出かけとは、九十九。それは所謂《いわゆる》、デートというやつか⁉」

後に、シロは大いに落胆することとなる。

♨　♨　♨

鶯色の着物が擦れる音。

耳元でかんざしが揺れる。

「それでは、若女将。がんばってくださいまし」

来《きた》る夕食時。コマも短い足で、忙しそうにチョコチョコ歩いて膳を運んでいる。それを追い越しながら、仲居頭《なかいがしら》が九十九に笑いかけた。

「はい、碧《みどり》さん。ありがとうございます！」

仲居頭――河東《かわとう》碧は品のいい笑みを浮かべながら、九十九を励ましてくれる。だが、テキパキとした所作が崩れることはない。

コマはシロの眷属《けんぞく》だが、従業員は湯築家に所縁《ゆかり》のある人間だ。ほとんど親戚なので、まさしく家族経営の旅館とも言えるだろう。碧は九十九の伯母に当たり、登季子の姉である。

番頭の八雲や女将の登季子が神気の扱いに長ける一方で、碧はまったく使えない。シロの結界の中では、普通の人間には見えない類の妖や神様の姿も見えるようになるため、接客に神気の有無はそこまで関係しなかった。

もっとも、湯築屋の性質上、変わった客が多いのでポンッと普通の求人募集はできない。そのため、人手不足だと感じる場面もあった。

温泉旅館などに来てはいるが、本来、神とは神聖なものだ。只人が軽々しく触れても良い存在ではない。見えないからこそ、人は神に畏怖を抱き信仰する。ずっと守られてきた神秘の秘匿《ひとく》が破られれば、信仰の在り方は崩壊する危険もある。従業員の選定は慎重な問題であった。

現在、毎日湯築屋で働いている従業員は五人。若女将の九十九、料理長の幸一、番頭の坂上八雲、仲居頭の河東碧、仲居のコマだ。そして、営業担当の女将・登季子、オーナーのシロと言った具合である。

九十九が幼いころは、もう少し多かったが、みんな高齢になってやめてしまった。そろそろアルバイトを募集したい。

「失礼いたします。お料理をお持ちしました」

襖《ふすま》を少しだけ開き、客室に声をかける。

中から「よい、入るがいい」という返答を得てから、九十九は自分が通れる分だけ襖を開けた。一旦床に置いていた膳を持ちあげ、敷居を踏まないように室内へと。再び畳《たたみ》の上に膳を置き、襖を閉めた。

九十九は座椅子に座って待っているお客様に向き直って頭を下げた。

「本日のお料理でございます。ゼウス様、ヘラ様」

ゆっくりと顔をあげて、ニコリと笑う。

「うむ。いつもながら、ちょうどいい頃合いである。褒めてつかわそう。今宵はどのような美食が楽しめるか」

ギリシャ神話の主神ゼウス。目の前のお客様は、その名に恥じない威風堂々とした顔つきで、まっすぐ九十九を眺めていた。

見目は壮年の男性で、宿が用意した浴衣《ゆかた》から覗く手足は非常にたくましい……部屋の隅にかかったTシャツに「自宅警備員」と書かれているのを発見したが、九十九はさりげなく目を逸らすことにした。

「やはり、この国の酒は美味である。水が美味いからであろう」

先に晩酌をはじめていたゼウスがガラスの杯を持ちあげて笑った。妻であるヘラも満足げに微笑んでいる。

ギリシャから追いかけてきたヘラはゼウスが浮気しないか監視……ではなく、仲良く旅行を楽しんでいるようだ。ゼウスの顔が時々、とても怯えているように見えるのは気のせいである。たぶん。

「そちらのお酒は愛媛県西条《さいじょう》市の蔵元で造られた日本酒で、お米の甘みを前面に出した香りと口触りが特徴です。『寿喜心《すきごころ》』と言い、和食にとてもあいますよ」

九十九は未成年のため、お酒に関する説明は幸一から教えてもらった情報を丸暗記していた。大人になったら、自分の舌で味わってお客様に勧めたいと思っている。

「うむ。まさにその通り。果実の酒ではないのに、ワインのように甘く芳醇《ほうじゅん》で深みのある味わい……米の酒は美味である」

地酒を味わい、ゼウスはしみじみと目を閉じる。

「美味い酒を飲みながら、美しいキモノビジョを堪能する。なんという、至福――おおっと、大丈夫。大丈夫だぞ、ハニー。ワカオカミを称賛しただけで、決して浮気ではない！」

「あら、ダーリン。まだなにも言ってなくてよ？」

言葉はなくとも、ヘラのヘーゼル色の瞳に鋭い光が宿る現場を目撃してしまい、九十九は苦笑いした。ギラギラした視線で狙われている気がして、少し怖い。

ヘラは嫉妬深い女神でもある。浮気性のゼウスを監視し、愛人に鉄槌を下す逸話は数多い。先日も、ゼウスの神気をわずかに感じとって、九十九を襲撃したくらいだ。

怒らせないのが吉だろう。

さておき、夕食だ。

「今日は地元のお酒にあうお料理をご用意しました。冷めないうちにお召しあがりください」

温かいうちに食べてもらわなければ、せっかくメニューを選んだのに意味がない。

ここでしか味わえない、日本を食していただこうじゃない！

九十九はお膳をテーブルに並べる。

お客様は神様だ。

最高の食材を使い、最高のおもてなしをする。それが流儀であり、求められている。

しかし――。

「この料理は、なんだ？」

九十九が説明する前に、ゼウスが眉を寄せた。

「ここ、愛媛でしか味わえない料理でございます」

膳に載ったのは輝く宝石のような刺身と、煮物が数品。この辺りは、元々予定されていた和食の定番メニューだ。どれも幸一の自信作である。

ゼウスが凝視しているのは、小さな網《あみ》の上にある茶色の物体だった。

「平たく整えてあるが、あまりに豪快、いや、雑と言うべきか？　指の跡が残っているではないか。高そうなものにも見えないが……これがメインなのか？」

ゼウスの言う通り、それはどう見ても高級食材とは程遠い品であった。色も地味で華やかとは言い難く、メイン料理として膳の網の上に載るような料理ではないだろう。

「それは、じゃこ天と言います。小魚をすり潰《つぶ》して揚げた練り物で、愛媛県では一般的に食べられています」

「ほう……庶民の食物だと？　なんだか、泥細工のようにも見えるが……魚のすり身と言えば、カマボコやシンジョウのように白くて美しい見目をしているのではないのか？」

「じゃこ天は魚の骨と皮も一緒にすり潰しているので、このような色なんです」

「ふむ」

ゼウスに提供したのは、愛媛県南予《なんよ》の郷土料理だ。それも、一般家庭で手軽に食べることができる品。

このじゃこ天は幸一の自作であるが、安いものはスーパーだと三枚百円以下で買うことができる。

「まずは、揚げたてをそのまま召しあがってみてください」

「うむ……」

見た目が地味なせいか、ゼウスの返事は重かった。少しガッカリ。そんな雰囲気だ。

ゼウスは半信半疑の様子で箸《はし》を取り、じゃこ天を一切れ口に運ぶ。

「む……」

ゼウスが低く唸った。しかし、じゃこ天を噛む口の動きは止まらない。しばらく黙っていたが、やがて、日本酒の杯に自然と手が伸びていく。

酒を一口、グイッと飲み込み。

「……これはまだ食したことがない味だ……！　魚の旨みが詰まっておる。プリッとした食感も面白みがあってよいが、歯ごたえもあってよいな。それでいて、ふっくらともしている。なによりも……日本酒が進む！　驚くほど、酒が美味い！」

ゼウスは興奮した様子でじゃこ天を口に運び、日本酒を堪能した。

気に入ってもらえたようで、九十九はほっと胸をなで下ろす。

「じゃこ天は、炙ると更に美味しくなります」

九十九は言いながら、じゃこ天の網に火をつけた。

ジリジリと音を立てて、じゃこ天の表面が軽く炙られる。

「お好みで、大根おろしと一緒にお召しあがりください」

「炙ると、また……カリッとした食感に香ばしさまで上乗せされ……こんなものが不味いわけがない。大根おろしとの相性もよい。これが本当に庶民の食べ物なのか？」

「はい。一般的に食べられていますよ」

ゼウスは信じ難いと言いたげに目を見開いて、夢中でじゃこ天を噛みしめていた。ヘラのほうも夫に続いてじゃこ天を食べ、笑顔になっている。

「お刺身はマグロと甘エビ、ヒラメです。茶碗蒸し、若竹煮、きんぴら、山菜のおひたし、鯛めしと……」

「タイメシ？　若女将よ、タイメシとはタキコミゴハンではなかったのか？　昨日も食したはずだが……それに、タイは何処《どこ》にある？」

ゼウスが不思議そうに首を傾げる。ヘラのほうも、同じ認識だったようで、紹介された「鯛めし」を見つめている。

丼に盛られているのは白いご飯だけだ。ツヤツヤと一粒一粒が光っている白米の中に、鯛の姿はなかった。隣に添えられているのは出汁の中に浮かんだ生卵。そして、薬味が少々。

「鯛はこちらです」

九十九は膳の隣に、もう一皿置く。

「サシミ？」

ゼウスとヘラの前に置いた皿に盛ってあるのは、薄造りにした鯛の刺身であった。

「こちらの鯛めしは、ひゅうが飯という郷土料理なのです。特に鯛を使うものは、宇和島《うわじま》風鯛めしと呼びます。食べ方をご説明しますね」

「ウワジマ？」

「愛媛の土地です」

ゼウスが食いついたのを認めて、九十九はニヤリと笑う。されど、表情はあくまで涼やかに。

「まず、こちらの生卵を出汁と一緒に混ぜまして」

九十九が動作を交えながら説明すると、ゼウスがその通りに卵をかき混ぜる。ヘラも同じように真似をした。

「そこに鯛のお刺身を加えます」

溶いた卵が透き通るような鯛の刺身に絡まりつくと、ゼウスの喉が鳴る音が聞こえた。

醤油が利《き》いた出汁の匂いがふわりと鼻へあがり、食欲を刺激したのだろう。とろとろと、薄い鯛が卵の中を泳いでいるようだ。

「お好みで薬味もどうぞ」

そのまま食べてしまいそうになっているゼウスを制するように、九十九は薬味を示した。

ゼウスは苦手なのかワサビを避けて、ネギと海苔《のり》をたっぷりと入れた。ヘラのほうは逆に、ワサビをたっぷり溶かしている。

「混ぜ終わりましたら、ご飯にかけて召しあがってください。お匙《さじ》を使うと、綺麗に食べられますよ」

炊き立ての白いご飯が出汁と卵でザブザブにつかる。

その上で、卵をまとった鯛が輝いていた。

一般的な鯛めしは炊き込みご飯だが、宇和島風鯛めしは違う。この出汁と卵でザブザブになった丼を掻き込んで食べるのだ。高級な卵かけご飯だと評する県民もいる。

「これは……む、美味い！　癖のない生魚の食感もよいが、卵と汁の味わいが絶妙。飲むように掻き込めるせいか、手が止まらなくなるな……」

新鮮な卵や魚が味わえるのは、現代社会の成せる業《わざ》だ。特に、この地域は瀬戸内海から獲れる新鮮な魚が多く流通している。魚を売りにする飲食店も数多かった。

欧州では生食の魚はあまり出回らないので、尚更、美味しく感じるのだろう。

「ワカオカミ、おかわりはいただけないだろうか？」

「はい、すぐにご用意します！　お気に召していただいて、嬉しいです」

九十九は選んだ甲斐があったと素直に喜んだ。

しかし、ここで終わりではない。

「ゼウス様」

満足そうに鯛めしを掻き込むゼウスに、九十九は追加の笑みを送った。

「更なる美食を堪能したければ、明日、わたしと一緒にお出かけしましょう！」

シン、と静まり返った。

あれ？　おかしいこと言ったかな？

九十九は思った以上に静かな空気に、首を傾げた。

「ワカオカミよ。それは、所謂、誘惑ということでよいのか？」

「は、へ？　ゆ、ゆうわく⁉」

「つまり、デートということであろう？」

「え？　いやいやいやいやいやいや！」

問われて、九十九は顔を真っ赤にしながら否定した。ゼウスは満更でもない様子で九十九に視線を送っている。一方で、ヘラの黒髪がユラリと波打つ。明らかな敵意を向けられて、九十九は背筋が凍った。

「すまぬ。我が妻の言葉が足りていなかったことを謝罪しよう」

軽やかに。

いつの間にか、奪われるように九十九の身体はゼウスから引き離されていた。

ふり返ると、九十九の腰をしっかりとつかむ腕。絹束のような白い髪が揺れ、藤色の着流しが目に入った。

「シロ様……！」

現れたシロが九十九の腰を自分のほうへと引き寄せて、そのまま抱えあげた。いわゆる、お姫様抱っこの格好だ。

唐突な展開に九十九はカァッと顔が赤くなってしまう。

「明日、人の世は休日だ。若女将が自ら、この地を案内《あない》したいと言っておってな。どうか、付きあってはいただけぬか？」

「ほう。なるほど……デートではないのが残念だが、それもよかろう。更なる美食にも興味がある」

「その点は、儂も残念だがな。奥方も連れてWデートというところで落ち着かれよ」

足りていなかった九十九の言葉を補って、シロが微笑む。

「では、失礼。奥方とくつろがれよ」

九十九を抱えたまま、シロは身をひるがえした。

周囲の景色が揺れて、視界がぼんやりしたと思うと、そこはゼウスの客室ではなかった。瞬時に庭の池まで移動していると気づいて、九十九はパチパチと瞬きをする。神気を使ったのだと理解した。

シロやお客様が神気を使うたびに、やはり「不思議」だと感じてしまう。なにもかもが日常の出来事であるのに、これぱかりは慣れそうにない。

「シ、シロ様……ありがとうございます。でも、あの、その……そろそろ、降ろしてくれますか？」

「白足袋《しろたび》が汚れる。このまま儂が抱えていたほうがよいと思うぞ？」

九十九の提案などアッサリ却下して、シロは唇に笑みを浮かべた。

薄暗い黄昏の景色に漂う桜の花弁が、シロの妖艶さをいっそう引き立てる。

「なにも、こんな退室の仕方しなくても、よかったじゃないですか……な、なんか、恥ずかしい」

「何故だ。夫婦《めおと》なのに」

「その前に、わたしは未成年で！　高校生で！　その……！」

「一昔前なら、十五にもなれば立派な女だったぞ」

「い、今は今です！　昔と一緒にしないでください！　法律だって違うんです！」

「最近の女子《おなご》は経験が早いとテレビで言っていたのだがなぁ？」

「個人差！　個人差を主張します！　テレビで変なこと覚えすぎです！」

ああ言えば、こう言う。

からかっているのだろう。シロは楽しそうに、必死になる九十九の顔を覗き見ている。

「まあ、八つ当たりで神気をぶつけあって、更地にするよりはマシだろうよ」

サラリと言いながら、シロは旅館のほうへと歩きはじめる。

「もしかして……シロ様、怒ってます？」

「当たり前だ。妻がほかの男とデートして、怒らぬはずがない。ヘラ殿と同じ気持ちぞ。もう少しで、狐火でもぶつけてやるところであったが、留まった」

「いやいやいや、デートじゃないですし。説明しましたよね⁉」

「九十九とデートと聞いて喜んだ儂の純情は踏みにじられたのだ」

「なんのことですか」

だいたい相手はギリシャ神話の最高神だ。怒らせて本気で殴りあえば、旅館が更地になるどころの話ではない。

「いや、でも、流石に一方的にやられるんじゃ……お稲荷さんとギリシャ神話の最高神じゃ格が違うし」

「なにを。相討ちには持っていけるぞ？　国ごと消し飛ぶだろうが」

「ええ⁉　やめて⁉　そこまでするのは、やめてください⁉　お客様と喧嘩《けんか》しないでください！」

「無論。客である以上、丁重にもてなす。だが、妻を強奪する狼藉者は客とは呼ぶまいよ」

「いや、ホントやめてください。わたしの説明が悪かったですから」

冗談なのか本気なのか。少なくとも、九十九には冗談であるようには思えず、慌てて声をあげてしまう。

神様って、格にかかわらず強さが一律なのかな？　シロのせいで、九十九はイマイチ力関係を理解できずにいた。

ふと、桜の花弁が目の前に舞い込んでくる。

九十九が手を伸ばすと、薄紅の花弁は吸い込まれるように掌《てのひら》へとおさまった。動いたせいか、シロは軽く九十九を抱え直す。

シロの懐《ふところ》に顔を寄せると、ほのかに甘い香りが鼻孔《びこう》をくすぐる。

好物の油揚げの匂いだった。

4

「行ってきまーす」

天気は曇《くも》り。予報では雨の気配はないが、やや暗い雰囲気。

絶好の「お出かけ日和《びより》」とは言い難いが、まあいいだろう。

デートではない。お出かけである。

「つーちゃん、行ってらっしゃい」

玄関で支度をしている九十九に声がかけられる。

ピッタリと身体にフィットするレザーパンツに、ライダース。フルフェイスのヘルメットを抱えた登季子が、ニカッと白い歯を見せていた。

「お母さんも、行ってらっしゃい。ツーリング？」

「まあね。あんまり滞在期間取れないから、久々に県内見ておこうと思ってさ。南予に行くから、ついでに向こうのお客様にもごあいさつしておくよ」

登季子が湯築屋に滞在する時間は、いつも短い。

主にシロのせいなのだが、次の営業の予定も詰まっているらしい。今度は、どんなお客様を連れてくるのやら。

「つーちゃん。今度一緒に、ベガスにでも行かない？」

「あはは。カジノに神様っているの？」

「そこそこ集まってくるわよ！　割と穴場の狩り場《営業先》ね！　たまに、一文無しになってるのもいるけど」

へー、神様もギャンブルするんだぁ。九十九は曖昧《あいまい》に笑ってみる。流石に未成年の九十九では、カジノで楽しめそうにはない。

お客様である神様の収入源は様々だ。自身を祀る寺社から賽銭《さいせん》を拝借する神様もいれば、寺社の関係者から給料として現金を奉納される神様もいる。

妖や自身の寺社をあまり持たないお客様の中には、人里で遊ぶための金銭をアルバイトなどで稼ぐ者もいた。また、人のお金に興味のない別の神様から貸してもらうこともあるようだ。

神気でポンッとお札を偽造せず、きちんと人間の通貨を稼いでいるため、ギャンブルで一文無しになったときの悔しさは、人間と同じものだろうと九十九にも想像できた。

ちなみに、湯築屋の常連客である天照大神の場合は自身を祀る神社からの奉納のほかに、ブログや動画などのインターネット活動を盛んに行っており、アフィリエイトで稼ぎまくっているらしい。

「お客様のおもてなし、今回も頑張ってくれてるのね。えらいぞ！　つーちゃん！」

登季子は歯を見せて笑いながら、九十九の頭をポンッとなでた。

「満足してもらえるか、わからないけどね」

「大丈夫だよ。あたしの娘なんだから！」

なんの根拠にもならないが、登季子からそう言われると嬉しくなった。

いつも明るくて大らかで、とても優しい。登季子の言葉には、不思議と元気になれる力があった。

「じゃあ、行ってくるね」

「がんばってきな」

登季子は九十九の背をパンッと叩いて送り出してくれた。九十九は背中に温かみを感じながら、玄関から外へと踏み出す。

「お待たせしました！」

勢いよく飛び出す。

門の前でこちらをふり返ったのは、威風堂々と腕組みをしたギリシャ神話の天空神ゼウスだ。ゼウスの腕に身を寄せるヘラの姿もあった。

二人とも何故か「週休七日」と日本語で書いたTシャツを着ている。ペアルックのはずだが、まったくロマンチックではない。

常々思うが、ゼウスは日本語の意味を理解してTシャツを購入しているのだろうか？

「うむ、ワカオカミ。大して待ってはおらぬ」

今日はいわゆる、「お出かけ」だ。

九十九の誘いに、ゼウスは二つ返事で了承した……最初は多少の誤解を与えたが。

その目に宿るのは期待と好奇心である。

「更なる美食とは宿の料理人を超える者がいる、ということか？」

お出かけ先に興味津々のゼウスに対して、九十九はフワリと笑みで返す。

「うちの料理長の腕は、ゼウス様の知るところです。今日堪能する美食は職人の腕の話ではないのです」

意味がわからない。そう言いたげに、ゼウスは顎をなでていた。同時に試すような素振りで九十九を眺めている。

「では、参りましょう」

九十九はニコリと笑って、宿屋の外へと歩く。

そのすぐ隣に、フッと風のように現れる影があった。

「せっかく、九十九と二人きりのデートができると思っておったのに、Wデートとは……くっ……今度、改めてデートしようではないか！」

鴉《からす》の羽根のような艶やかな黒髪。陶器のように白く滑らかな肌。

簡素なシャツとブラックジーンズという出で立ちであっても美しい。マネキンのような乱れのない造形の青年が九十九の隣を歩いていた。

シロが旅館の外へ行くために作った傀儡だ。

敵意を向けることがないと言っても、お客様は神様だ。今回のように、人の住む世界に巫女だけの付き添いで出かけることを、シロはあまり好ましく思わなかったようだ。なにかが起こる可能性もあるし、逆鱗に触れないとも限らない。

神には神を。

極力、シロの目が届くところにいたほうが無難である。

「デートって言ったって……シロ様は外に出られないんですから、そもそもデートにならないじゃないですか？」

「気分だけでも！　味わいたいのだ！」

「はあ……」

「儂は九十九が遠くて些《いささ》か寂しいが、九十九にとったら儂が傍にいるのと似たようなものであろう。心置きなく、『イチャイチャ』してもよいのだぞ」

「そうは言われましても……普段から、イチャイチャとかしてないし。したくないし」

「夫婦《めおと》なのに！」

「世の中の夫婦、そんなにイチャイチャしてませんって」

「ええい、ヘラ殿を見習え！」

冷めた反応の九十九に対して、シロはうしろを歩くお客様夫妻を指さした。

たくましいゼウスの腕に寄り添うヘラ。幸せそうに笑って、時々、夫からのキスを求めている。いかにも外国人らしい振る舞いというか、なんというか。九十九は目のやり場に困ってしまった。

たまに、夫であるゼウスの顔が引きつっている点については、無視だ。

「あれを日本人に求められたって……シロ様だって、日本の神様だし」

「嫌だ。あれがいい！」

「子供か！」

駄々《だだ》を捏《こ》ねられても困る。

なんだか、夫というよりも息子でも相手している気分だった。

「さて、ゼウス様」

宿から離れ、第一の目的地で九十九はゼウスをふり返った。

青いブラウスの袖がフワリと舞い、ポニーテールの先がうなじで跳ねる。さり気なく、肩に手を回すシロの腕を払った。

「ここでしか味わえない美味しいものを食べましょう」

九十九はにっこりと笑って、一軒の店を示した。

料理屋やレストランといったたたずまいではない。店先にカウンターが設置されており、中の様子が丸見えだ。よく言えば客と店の距離が近い。悪く言えば、屋台のような粗末な造り。

看板には、大きく「じゃこ天」と書かれている。

「ワカオカミ？　あの店がそうなのか？」

「そうです。昨日、召しあがっていただいた、じゃこ天をメインに売るお店です」

「……昨日も食べたものを今日も食すのか？　それとも、更に美味なのか？」

「いいえ、ゼウス様。今回召しあがっていただくのは、じゃこ天ではありません」

そう言って、九十九は店員に注文を告げる。

カウンターの向こうで初老の女性がクシャリと笑って、商品を油の中に投入した。ジュッと威勢のいい音が響き、やがて、カラカラと油の揚がる音へと変化する。待つこと数分で、揚げたての商品が小分けの袋に包まれた状態で提供された。

簡素な紙の小分け袋におさまっているのは、こんがりキツネ色の衣をまとった丸い揚げ物だった。

「これを……？」

「はい。揚げたてを召しあがってください。あちらに無料の足湯がありますから、休みながら！」

九十九の意図がわからず、ゼウスもヘラも首を傾げている。九十九は半信半疑の二人を伴って、足どり軽く歩いた。観光の目玉である道後温泉本館も、新設された飛鳥乃温泉《あすかのゆ》も通り過ぎる。昨日、自分たちで観光してきたと聞いていたので、あえて行く必要もないだろう。

「さあ、こちらで食べましょう。お客様」

九十九が案内したのは、放生園《ほうじょうえん》で提供される無料の足湯だった。

道後温泉駅を降りてすぐの広場は、まさしく観光地のたたずまいを見せている。カラクリ時計の隣に設置された足湯には既に観光客がおり、靴を脱いで湯に足をつけていた。

「このように、人の多い場所で湯につかりながら食す必要など……」

道後の湯は、どこも湯築屋と同じものだ。神気を癒す力がある。ゼウスは九十九の意図がわからないようで、戸惑っていた。

「でも、ダーリン。美味しそうよ？」

戸惑うゼウスの隣でヘラが微笑む。

彼女はほかの観光客と同じように靴を脱ぎ、手にした食物にパクリとかぶりついた。その途端、今まで夫にしか興味を示していなかったヘーゼル色の瞳が輝く。

「ワカオカミちゃん、これ美味しいわ！」

初対面のときは物凄い勢いで襲撃された九十九だったが、誤解が解けたあとは「ワカオカミちゃん」と呼ばれている。どうやら、九十九の名前だと思っているようだ。

「ダーリンも食べましょ！　こっち来て！」

自分の隣をパンパン叩きながら、ヘラがゼウスに声をかける。

ヘラに促されて、ゼウスはようやく靴を脱いだ。

「む。肩まで湯につかれぬのが残念であるが……温泉が手軽に楽しめるのはよい」

神気を癒す湯の熱さに、ゼウスの表情が気持ちよさそうに綻んだ。白い肌がほんのりと赤くなっていく。

「足元だけでも、身体全体が温まるのだな。これもなかなかどうして面白い」

ゼウスは手にした揚げ物を見下ろす。

「む。カツレツという食べ物に似ておるが、ワカオカミのことだ。きっと普通のカツレツではないのだろう?」

「どうぞ、ご自分でお確かめください」

ゼウスの問いに対して、九十九は揚げ物を指し示すだけだ。

「ふ、ふぉ……!」

ゼウスが揚げ物を噛んだ瞬間、声にならない言葉を発する。半開きの口からアツアツの湯気が漏れ出ており、「熱い!」と言いたいのがわかった。それでも、なんとか口の中のものをゴクリと飲み込む。

「これは……魚か⁉ それとも、肉なのか⁉」

呑み込んだあと、ゼウスは急いで九十九を見あげた。

九十九はニコリと笑って、ゼウスの隣で足湯につかる。足元からじんわりと身体中が温かくなり、筋肉の力が抜けていく。

「これは、じゃこカツと言います」

「じゃこカツ?」

九十九は自分のじゃこカツを見下ろし、ためらいなくパクリと一口かじった。

揚げたてでアツアツの衣が容赦なく口の中を刺激すると同時に、なんとも不思議な食感で満たされる。

味はじゃこ天に近く、魚の旨みが詰まった濃厚な生地と、プリッとした歯ごたえが絶妙だ。それに加えて野菜のシャキシャキ感と、ジューシーな汁が口の中で混ざりあう。

　このジューシーさは、たしかに肉のようにも感じられる。境目のわからない好奇の味に、ゼウスは惑わされたようだ。

「じゃこカツは、じゃこ天と同じような魚のすり身に野菜を加えて成形し、パン粉の衣に包んで揚げるんです。野菜の水分がある分、じゃこ天と比べてジューシーで、衣のサクサクした食感が楽しめます。いわゆる、この地の『B級グルメ』です」

「B級……グルメ……？」

「郷土料理ほど堅くない、ジャンクフードのようなものです。新しい世代の料理と言ったところでしょうか」

　とにかく、この地でしか味わえないものを。

　九十九はにっこりと笑って、再びじゃこカツを一口。釣られるように、ゼウスも一口。

「一流の食材とおもてなしも、旅の醍醐味《だいごみ》です。しかし、旅をするからには『ここでしか味わえない空気』があると思うんです」

　魚や肉など、高級食材を集めた夕餉は美味い。最高の食材を、最高のおもてなしで。それこそがプロの美学であり、客に提供すべき形だ。

　だが、この状況は違う。

客であるゼウスは雑踏《ざっとう》の最中《さなか》に位置する足湯につかり、落ち着けるわけがない。口にしているものは一個二百円もしない安いジャンクフード。

「不思議なものだ……余には、このじゃこカツが宿の美食にも劣らぬ、この世の贅沢《ぜいたく》に思えてならない」

温泉の街に溶け込むように足湯があり、身体を温めてくれている。

ちょうど十二時を回ったため、放生園に設置されたカラクリ時計が鳴りはじめていた。松山を舞台にした夏目漱石《なつめそうせき》の「坊っちゃん」をモチーフにしており、個性豊かな登場人物たちが可愛い人形となって時計の中から出てくる。

「不思議なほど美味い。今、この瞬間、このじゃこカツより美味いものを余は食したことがない。この雑踏の雰囲気も、足湯も、じゃこカツも、なにもかもが余には宝のように感じられる」

料理を食べたり、写真を見たり。旅行気分を味わうことはいくらでもできる。しかし、今この瞬間を味わうことは、実際に体験してみなければできない。見ること、味わうこと、体験すること、すべてがあわさり、初めて「ここでしか味わうことのできない体験」となるのだ。

美食とは、食材の味や料理人の腕だけで決まるものではないと九十九は思っている。

「ここでしか味わえぬ美食か……久しぶりに、ギリシャの市井《しせい》も歩いてみたくなった。この美食はここマツヤマでしか味わえぬが、ギリシャでしか味わえぬものも当然あるのだろうな」

「はい。きっと、そこにしかない景色があります。ギリシャでは、なにが名物なんですか？」

「代表的な料理だとムサカか。芋《いも》とミートソース、ベシャメルソースを重ねてオーブンで焼いた家庭料理である。グラタンに近いと、アフロディーテが言っていたか。あまり興味を持ったことはなかったが……今度、食べに行くとしよう」

　ギリシャの風景を思い描いているのだろうか。ゼウスは目を閉じて感慨に耽っている。その背中に明るい陽が射し、足湯の水面が美しい波模様を描いていた。曇っていた空が急に晴れたのだ。もしかすると、ゼウスの神気の影響かもしれない。

「確かに、ワカオカミ」

　ゼウスは食べ終わったじゃこカツの紙袋を丸めた。

　そして、オリュンポスの神々をまとめるギリシャの主神とは思えない表情で笑う。唇をニカッと持ちあげ、目じりが下がる破顔《はがん》。

「注文通りの味である……おかわりを、いただけないだろうか？」

　ゼウスを見て、九十九も笑顔を咲かせた。

「はい！　すぐに買ってきますね！　あと、坊っちゃん団子もオススメなんです。それから、えっと、太刀魚《たちうお》巻きも最高で……そうだ！　道後ビールもあります！」

「すべて持って参れ。お代は宿賃と一緒に支払う」

「はい！」

九十九は急いで足湯からあがり、靴を履く。駆ける足どりが軽やかで、心も弾む。

ふり返ると、足湯につかるゼウスがヘラの肩を抱き寄せている。人前だというのに顔と顔が近づいていくので、九十九は慌てて目を逸らした。

高揚した気持ちが、別の意味でドキドキと脈打つ鼓動に変わる。

「羨《うらや》ましいと思ったか？」

九十九の視線に気づいたのか、シロが顔を覗く。

正確には、シロの神気が込められた傀儡なのだが、整いすぎた顔立ちや声はシロと同じだ。九十九は一瞬で自分の顔が耳まで赤くなるのを感じて、首を横にふった。

「調子に乗らないでくださいっ！」

5

さくら、ちる、ちる。

ひとひら、ひとひら。

ひら、ひらり。

学校などで眺める桜とは違う。

稲荷神白夜命の御座《おわ》す結界の中でのみ見える幻影。外界から遮断され、四季のない空間は夢のようで……現世《うつつ》に存在する日常とは隔離されている。

月はなく、太陽もない。

昼夜の存在しない世界には、ただ一軒お宿があるのみ。

けれども、結界の主たる稲荷神に赦されし者のみが出入りできる。

結界の主は外界へ出ることはできない。

それは呪いのようなものだと、昔シロが言っていたのを九十九は覚えている。

理由を聞いた覚えはない。この結界を九十九は湯築屋を守るためのものだと思っているが、シロはどうしてそんなことを言っていたのだろう。

「九十九よ。花見にでも行かぬか？　外は桜が見頃であろう？」

子犬のようにモフモフと尻尾をふりながら、シロが人懐っこい仕草ですり寄ってくる。

しかし、今は仕事中。これから、お客様方の部屋まで膳を持っていかなくてはいけない。

「駄目です。あとにしてください」

九十九はシロを雑にあしらいながら、せっせと廊下を歩く。

まったく、この稲荷神。邪魔しかしないのかしら？　と、心の中で悪態をついたのは内緒だ。

「いや、内緒になっておらぬぞ。九十九、今思いっきり口に出しておった」

「すみません。独り言です」

「まったく、九十九は儂に対する敬意が足りぬぞ！　もっと夫を立てよ！」

「その考え方、もう古いですよ。ゼウス様にでも、レディーファーストを教えてもらってください。だいたい、お花見って……シロ様、引きこもりでしょう？」

「ぐっ。引きこもりではない。外に出られぬだけだ。天照などと一緒にしてくれるなよ⁉」

「まさか。大切なお得意様となんて比べませんよ。天照様は限定ＣＤを買ったり、ライブに行ったりして時々外出しているので、シロ様よりマシです」

「結局、儂を莫迦にするのだな⁉」

「ウヤマッテマスヨ」

「嘘だ」

まったく敬っていないと言えば嘘になるが、少なくとも今この瞬間は面倒くさい駄目夫としか思っていない九十九であった。

お客様として湯築屋に訪れる神様たちと同じ高貴な存在であるはずなのだが……普段の言動のせいなのか、物心ついたときから一緒にいるせいなのか、よくわからないがシロをほかの神様と同様に扱うのはとても難しく感じた。シロも文句を言いながら九十九の態度を許しているようなので甘えている。

「だいたい、どうやってお花見なんて……」

シロ自身は外に出られないので、結界の中でするしかない。だが、ここにあるのはシロが幻影で作り出した桜のみだ。有難味《ありがたみ》がない。夏になれば、蓮《はす》の花に変わる。

傀儡を使って疑似的にシロが外出することもできるが……九十九は、あの傀儡があまり好きではない。

顔は似せてあるし、神気も縮小されているがシロそのものだ。けれども、触れるとやはり人形らしいひんやりとした感触がして、違和感しかないのだ。

「今時の夫婦《カップル》はデートを重ねて仲を深めるそうではないか。儂も九十九とデートで仲良くなるのだ」

「仲良くって……もう夫婦ですし、別にいいじゃないですか。いろんな夫婦がいるんです」

「まだ床を共にしておらぬ。もっと仲良くなるのだ」

「それは……まだ早いんです！　セクハラですよ！」

ずっと夫婦なのに、一度も床を共にしていない。湯築家の巫女を娶《めと》り続けてきたシロからすれば、特異なことだろう。

しかし……。

「なにが不満なのだ」

シロがいつものようにキョトンと首を傾げる。

その表情を見あげて、九十九は「うっ」と尻込みした。

「だって……」

口を開いたところで、留まる。

「なんとなくです」

適当に流したことがわかったのか、シロは頬を膨らませる。仕草は幼いが、妙に絵になるのは無駄な美顔のせいだ。

もうズルい。この顔立ちはズルい。と、九十九は嘆息した。

「妙な巫女だ」

これ以上聞いても意味はないと悟ったのか、シロはあきらめて肩をすくめた。

――妙な巫女だ。

シロにとっては、そうだろう。

しかし、九十九にとっては――。

「びゃっくしゅん！」

雰囲気を、どんでん返しにするくしゃみ。

廊下で鉢合わせた登季子がシロを見て、くしゃみが堪え切れなくなったようだ。紺色の着物の袖で口元を隠しながら、大きなくしゃみを繰り返している。

いつもは、どちらかというとロックでワイルドな服を着ているが、こうして和服を着ていると、きちんと「女将」に見える。お客様の言葉を借りるなら、まさに「キモノビジヨ」だろう。

「ひぇ……っくしゅん！　やけにくしゃみが止まらないと思ったら、シロ様いたのかい。もう……っくしゅんっ！　くしゃみが、止まらな……いっくしゅん！」

「お母さん、ほんとシロ様が駄目なのね……」

馴染みの光景だが、九十九は毎度感心してしまう。

動物アレルギーと言うが、子狐のコマは大丈夫だし、近所の猫や犬も平気らしい。つまり、ピンポイントでシロが無理ということだ。特に尻尾を見ると、くしゃみが止まらないとか。

「尻尾のモフモフは、シロ様の数少ない美点の一つなのに」

「数少ないだと？　儂には美点しかなかろう」

要らぬところで胸を張りはじめるシロに、九十九は嘆息する。

そういうところが、美点を台無しにしているのに。

「はいはい。お母さんが来たから、シロ様はあっち行ってください」

「ぐぬ。またそうやって邪険に扱いおって」

「申し訳ありませーん」

「誠意がない⁉」

神様なのでそれなりの敬意は常に払っている（つもりだ）が、誠意はたしかにあまりない。九十九はペッペッと、シロを追い払い、登季子の隣に並んだ。シロは渋々と姿を消して退散する。恐らく、拗《す》ねて厨房まで松山あげを取りにいったのだ。

「ごめんねぇ、つーちゃん。せっかく、シロ様と二人だったのに」

「ううん、いいの。割といつも一緒だし」

鬱陶《うっとう》しい駄目夫を追い払う口実になってよかった、とは言わないことにする。

「つーちゃん」

不意の声にふり返ると、九十九の頭に登季子の掌が乗る。

結髪を崩さないよう、なぞるようになでられて、九十九は口をぽかんと開ける。登季子はいつもよりも柔らかく笑いながら、髪から頬へと指を滑らせた。

「なに？」

九十九は不思議に思う。

「いや、なんでもないよ。呼んでみただけ」

指がスッと降りる。

「変なお母さん」

九十九には意図がわからなかった。なにか言いたかったのだろうか。それとも、言葉通りに呼んでみただけなのか。

「あたしも手伝うよ」

「手伝うというか、営業メインだけどお母さん女将だよね？」

「ありゃ、そうだったね！　あっはっはっはっ！」

快活に笑って登季子は着物の袖をまくり、料理を運ぶために厨房へ向かった。九十九も、母について歩く。

「……びゃっくしゅん！　もう、シロ様邪魔だよ！」

厨房に入った途端、そんな声が聞こえてくる。厨房で油揚げをつまんでいたシロに反応して、登季子がアレルギーを起こしたのだろうと、容易にわかった。

九十九は見慣れた光景にため息をつきながら、厨房の暖簾を潜るのだった。

夏．堕ちた神と彷徨う鬼

1

「一一八五年《いいはこ》つくろう、鎌倉幕府。まあ、こうやって年号だけ喋《しゃべ》ると、すぐ眠くなるよな……なあ？　湯築？」

「ふみゅ……？」

授業中、唐突に指名されて九十九は重たい頭をあげた。

額には制服の痕がクッキリとつき、口の端からは涎《よだれ》が少々。典型的な居眠りからの目覚めに、日本史教師が「はあっ」と息をついた。

「源平合戦は愛媛県にも所縁のある史実だ。先生はここを出題するのが大好きなので、しっかり勉強しておくように。レポートの宿題も出すぞ」

「はあ⁉　まじでー⁉」

レポートという単語に、教室から悲鳴があがる。

日本史教師は眼鏡の下でニヤリと笑いながら、親指をグッと立てる謎のポーズをとった。

実に意味不明なので、更なる不満が飛び交うが、ここでチャイムが鳴って時間切れ。

「ゆづ、また寝よったん？」

「ふぁ……ごめん……」

京が九十九の頬をつねりながら、呆れ顔をする。

居眠りの言い訳をするならば、学校が終わったあとに旅館の仕事をするというライフスタイルのせいである。女子高生と若女将の両立は難しい。

梅雨《つゆ》に入ってから蒸し暑く、集中して授業を受けられない環境にあるのも言い訳の一つにあがる。六月はジメジメしているくせに暑いため、九十九は苦手だった。

高校へ進学しないという選択肢もあっただろう。

けれども、九十九はその道を選ばなかった。

理由は特にない。

これから湯築屋を継ぐと決まっているし、結婚もしている。ほかに将来やりたいこともなければ、現状が嫌なわけでもない。

ただ、なんだか。

高校へ行かないと決めることは、自分が完全に特殊なのだと認めてしまう気がしたのだ。

「しっかし、あれよ。日本史の宿題、結構メンドイね」

先ほど配られたプリントをペラペラと指で持ちあげながら、京が嘆息する。

「愛媛に残る平家伝説を取材しなさい、とか。現地取材ですかねぇ？」

「有名なのは八幡浜《やわたはま》の平家谷かなぁ……あそこのお客様、ちょっとノリが特殊で……」

「は？　おきゃくさま？」

「んん」

九十九はうっかり滑らせた口を塞《ふさ》ぐ。

「なんでもないよ」

「変なの……でも、八幡浜なんて行くのメンドイな」

「逆方向だと屋島《やしま》とか」

「ほほう……どれどれ、覚えのない地名やけど……って、香川《かがわ》やーん！　愛媛やけん！　愛媛！」

京はスマートフォンで屋島を調べた結果、九十九の額にデコピンを当てる。

「なんか、京って関西人っぽいよね。ノリが」

「知るか！　おちょくるな！　つか、いつも思うけど授業中寝よるくせに歴史得意やんね」

「まあ、商売柄」

「旅館って、そんな知識要るの？　歴女来るん？」

菅原道真《すがわらのみちざね》などのように、神格化する偉人は少なくない。畏怖や信仰の対象となれば、その人は「神」であり、湯築屋の「お客様」となることも多かった。教科書もそれなりに役立つ。

　歴代天皇やローマ皇帝など、神として祀られる風習があると高確率だ。ほかにも、神へは至らなくとも鬼や妖の類となることもある。

　そのせいか、神話だけではなく日本史や世界史も自然と九十九の頭には入っている。

　意外と多いのは有名なアーティストが人々から絶大な信仰を集めて神化する、なんて現象だ。つい最近死んだ有名人が、お客様として湯築屋にやってくるパターンには慣れた。

　逆に神として信仰されていたが、誰からも崇拝されなくなる――誰の記憶からも消えてしまえば、その神は神ではなくなる。

　堕神と呼ばれ、消滅する存在となるのだ。

「というか、わざわざ行くの？」

「え？　行ったほうがいいやん？」

　京は基本的に面倒くさがりな性分だが、好奇心も旺盛《おうせい》であった。幼稚園から一緒に過ごしている九十九は、そんな幼馴染みの性格を理解した上で、「なんだかんだ言いながら、宿題の内容に興味がわいている」のだろうと解釈する。

　たぶん、プチ旅行のようなものをしてみたいのだろう。

「五色浜《ごしきはま》は、どうですか？」

横から声が降ってくる。

覚えのある顔がこちらを見下ろしていた。

真っ白い肌にビン底のように分厚い眼鏡。地味で存在感がない。しかし、儚《はかな》げな表情が印象的な少女だった。

朝倉小夜子《あさくらさよこ》。

二年生からクラスメイトになったが、あまり話したことはない。思いがけない人物から声をかけられて、九十九は面食らう。京も同じようだ。

「五色浜って、伊予市の海水浴場あるとこやっけ？　あれも平家由来なん？」

唐突だった小夜子の発言にも、京は平然と返した。こういう気さくなところが京のいいところでもあった。

「小夜子ちゃんは詳しいの？」

九十九も京と同じように笑顔を見せる。今まで話す機会はなかったが、こうやって話しかけてくれたのは嬉しいことだ。

小夜子は、九十九たちの返答に怯《ひる》んで口を閉ざす。ほとんど初めて話すような相手から下の名前で呼ばれて、驚いたようだ。

「家が近くて……」

やがて、小夜子はかすれるような声で返答した。

「五色浜かぁ」

五色浜は松山市の中心から電車で二十分ほどの海岸だ。

合戦から落ちのびた平家の五人の姫が身を投げ、五色の石となった伝承からその名がついた。

赤旗は平氏。白旗は源氏。

五人姉妹であった姫君の長女はある日、赤い蟹《かに》を見て平家の旗を連想した。そして、源氏の象徴である白を宿した蟹もいるのではないかと考え、妹たちに命じた。

――ここへ、白い蟹を連れてくるのじゃ。憎き源氏の蟹を踏み潰してくれる。

されど、妹たちが探しても白い蟹は見つからなかった。

悲嘆に暮れた姉妹たちは、次々と入水し――。

「源氏に見立てた蟹を腹いせに潰したかったのはわかるんよ。うちも腹立ったときに、相手の顔を思い浮かべながら物に当たることあるけん。でも、それで自殺しちゃう感性は理解できんね」

九十九のザックリとした説明を聞いて京が苦笑いした。

「それは、京の話でしょ。妹たちが赤い蟹に色をつけて長女に差し出したけれど、見破られて逆上した長女に刺殺されたって紹介する本もあったかなぁ」

「ぐぇ……それはエグいな。平家伝説って、そんなんばっかりなん？」

「歴史的には敗者側だから……会ったことないから、本当のところは知らないけど」

「そりゃ、会えるわけないやん」

「あ、うん。そうだった」

近場を縄張りにする鬼や妖は、意外とお客様にはならなかったりする。

理由は単純で、この辺り一帯の温泉に似た効能があるからだ。わざわざ宿屋を利用しなくとも、神気を癒すだけならばどこでも事足りる。ただただ面倒と感じるらしい。

逆に近くても神様は何故だかよく訪れる。その理由はわからないが、そもそも湯築屋に訪れるお客様の大半が神様だった。別に神様専門旅館を謳っているわけでもない。

オーナーが一応は神様だから？　それとも、神様の間でクチコミでも広がっているのだろうか？　と、九十九は考えを巡らせる。

「じゃあ、メンドイけど今度、五色浜行こうよぉ。近場なら行ってみたいし。五色素麺《そうめん》好きやしね」

「いいけど……京、五色素麺と五色浜は関係ないよ？」

「え、ほうなん⁉」

「そうよ。まあ……家のバイトがあって、あんまり暇じゃないし……わたしは行かなくていいかなーって」

「奴隷ちゃんアピールやめぃ」

「そうじゃないけど」

実際に行かなくとも、「シロ様にでも聞けば教えてくれるしなぁ」などとセコイことを考えている。

ちなみに、京の言う五色素麺とは五色に着色された素麺だ。彩りが美しく、贈り物などでも重宝される。その歴史は江戸時代まで遡《さかのぼ》ることができ、神社参拝の際、美しい五色の糸が下駄に絡まりついていた様子にヒントを得て、色のついた素麺が考案された経緯がある。五色浜とは無関係だ。

地元民でも、時々間違える。

「小夜子ちゃんも一緒に行こうよ」

ニコリと笑いながら九十九は小夜子に投げかけた。けれども、小夜子は慌てて視線を逸らしてしまう。

「私は、いいです。その……もしも、白い蟹を見つけたら気をつけてください」

もごもごと、一言。

それだけ言って、小夜子は足早に立ち去った。

「誘っといて、変なヤツ」

「京、失礼よ」

京がポツンと、そう言った。九十九はすかさず京をデコピンしたが、それにしても自分から話しかけておいて、妙に距離をとっていた小夜子の態度にも引っかかるものがあった。

だが、それ以上に九十九は、この感覚に覚えがあった。九十九にとっては、もっと馴染みのある——。

「お客様の気配がする……ねえ、京。やっぱり、五色浜行ってみようか？」

淡く儚いが、どうしようもなく荒ぶる神気のような。しかし、少し違う気がする。なんだか、気になる。

「ゆづ……」

「…………」

「君、旅館が潰れそうだからって、クラスメイトを客にしようと考えてるんじゃや……？」

「……はい？」

その後、九十九は自分の失言に気づくのだった。

2

「嫌だ嫌だ！　儂もついていく！」

「そんなこと言ったって……今日は友達もいるんです。シロ様は黙って引きこもっててください」

「傀儡を使うから大丈夫だ。案ずるな、問題はない」

「大問題です。その傀儡も無駄に美形で誤解を招きやすいから、大人しくしてってって言ってるんです！」

「誤解？　誤解など与えぬくらいイチャイチャすればいいのだろう？　任せよ。何処からどう見ても仲睦《なかむつ》まじい夫婦にしか見えぬよう努めよう」

「それが駄目なんですってば！」

「なんだと!?」

京と一緒に五色浜へ行くと知った瞬間に、これだ。

神様のくせに地団駄踏んで尻尾をモフモフ揺らすシロを、九十九は横目でシラ～っと見つめた。

どうせ、結界の外へは出られないのだから、大人しくしていればいいのに。

「だいたい無駄にとは、何事。無駄ではない。儂は精錬された美の結晶であろう」

「自分で言いますか。自分で言っちゃいますか？」

「九十九も認めておろう？」

急に、シロの顔がすぐそばまで迫った。

「ひぇっ」

整った唇は思いのほか厚みもあり、漏れる吐息が九十九の頬にかかる。

不敵に笑みを描いた琥珀の瞳に、九十九は一歩二歩と後ずさった。

「このまま接吻《くちづけ》せぬのが惜しいと思っておろう？」

「思って……なんて……」

「嘘を申せ」

「思ってませんってば……」

気の抜けた声で答えてしまいながら、九十九はシロの胸部をグイグイと押し戻そうとしたが、無駄な抵抗である。シロがいつもの戯《たわむ》れではなく、本気で九十九の退路を断とうとしているのがわかった。

「のう、九十九。儂は心配なのだ」

「な、なんですか……？」

額からタラタラと汗を垂らしながら、シロから必死で目を逸らす。

「お前には儂の加護がついておる。ただでさえ甘い巫女の神気が、濃厚になっておる。それがほかの輩を刺激する……わかっておろう？」

たしかに。

天照は、九十九の神気を「甘い」と評した。浮気性のゼウスはあてにならないとしても、九十九に惹かれる素振りがあった。ヘラは九十九の神気を感じ、嫉妬を燃やした。

九十九には稀《まれ》に見る強い神気があるが、まだ制御できていないと登季子から言われたことがある。強すぎる神気が溢れて、神や妖を惹きつけるのだと。

小、中学校は旅館から近い学校に通ったが、高校は少しばかり距離がある。

つまり、シロの縄張りの外なのだ。

「やめておけ。アレは御《ぎょ》せぬ鬼だ」

九十九は背筋がゾッとした。

首筋に指が這う。首筋から、顎。顎から、唇。なぞるように触れられて、九十九の身体から力が抜けていった。

「んぅ……」

熱にうなされたように脱力していく。全身の血管がドキドキと脈打って……熱くて……。

「……あの」

シロが首を傾げて、悪びれる様子もなく九十九の顔を覗く。

「ドサクサに紛れて、神気吸おうとするの、やめてくれます⁉」

手元で揺れていた白い尻尾を、グイッとつかむ。すると、余裕の表情を浮かべていたシロの背筋がビクンッと跳ねた。

「や、やめッ！　九十九、尻尾はやめよ！」

「ええい！　知りませんッ！」

ガッシリと尻尾をつかんだまま強く引っ張ると、シロは「あうっ」と情けない声をあげて仰け反る。その隙を見逃さず、九十九はシロのうしろをとった。

「シロ様もその辺の悪鬼も変わりませんって！　この駄目夫！」

「な、なぬっ⁉　そんな、九十九。儂は……」

「言い訳無用です。じゃあ、行ってきます！」

そう言い捨てて、九十九は旅館の玄関へ向かう。

うなじでポニーテールがクルンと跳ねて、桃色のワンピースがひるがえる。床をドンドコ踏み鳴らしていなければ、可愛らしく着飾った「娘さん」だろう。

「あ、若女将。行ってらっしゃいませっ」

庭に水を撒《ま》いていたコマが愛らしくニコリと笑う。

同じ狐なのに、こうも違うとは。ぴょこぴょこ歩くコマの仕草には癒される。

「行ってきます、コマ」

「お気をつけて……って、白夜命様、どうされました⁉　お顔が死んでますよっ⁉」

「九十九ぉ……」

結界の内側に咲く花は季節によって変わる。

夏の結界には大きな花を開かせる蓮が池に敷き詰められていた。甘い香りが漂う池の横を、九十九は一目散に走り抜ける。

なんとか旅館を出ることができて、九十九は思いっきり背伸びした。

　さてさて。

　京との待ちあわせは道後の駅前だ。路面電車は五色浜まで通っていないので、一度、郊外電車に乗り換える必要がある。近場とはいえ、ちょっとした日帰り旅行のような道のりだった。それでも、午前中で帰ってこられる距離なのはありがたい。

　――もしも、白い蟹を見つけたら気をつけてください。

　朝倉小夜子の言葉を、ふと思い出す。

　あれは、どういう意味だったのか。妙な気配や、神気の匂いも気になる。

「おっと、遅刻！」

　シロに邪魔をされたせいで、京との約束の時間が迫っている。ポンコツ駄目夫な神様に対する愚痴《ぐち》を胸に秘めながら、九十九は軽やかに走り出した。

♨　♨　♨

「随分と、入れ込んでおりますねぇ」

　九十九の背が見えなくなると、クスクスと笑い声が聞こえてきた。床に這いつくばる格好となっているシロを嘲笑《あざわら》うようだ。

　シロは「はあっ」と息をつきながら、身を起こす。

「笑いごとではない……天照」

「あらまあ。わたくしには随分と冷たいのですわね。無粋な男は嫌われても仕方がありませんわよ。一応、客ですのに」

「連泊しすぎて居候と変わらぬがな。ここを岩戸にしてくれるなよ？」

「まだ推しがいるうちは大丈夫です。今度は舞台への出演が決まりましたのよ。全公演のチケットを確保しなくては！」

まったく関係ないことで興奮する少女の姿が現れると、シロはいっそう不機嫌になって眼を細めた。九十九の前では、あまり作らぬ表情だ。それを見抜いてか、天照はコロコロと声を転がした。

「不愛想な男はモテませんわよ……嗚呼、男神でもありませんでしたね。失礼しました」

「あまり言葉が過ぎると、追い出すぞ」

「それは困ります……居心地よく過ごさせていただけるのも、あなた様の加護があってのこと」

天照は意味深に言いながら、大袈裟な動作で頭まで下げる。

日本神話の太陽神たる態度ではない。

「……黙らぬか」

シロは煩わしく思い、顔を背けながら立ちあがる。

「不器用な巫女に苦戦しておりますわね」

「アレは良くも悪くも、今時の娘だからな。そのうち落ち着くだろうさ。儂らには不自由な世になったものよ」

「不器用なのは巫女ばかりではありませんけれどね。あなたは平等に扱っているおつもりでしょうが、偏愛が透けて見えましてよ？」

「なに？」

怪訝《けげん》に思って聞き返すが、天照はそれ以上言わず、ニコリと笑顔を保ったままだ。

少女の姿をしているが、まとう空気は妖艶。底なし沼のような色香と魅力を備えた魔性を感じさせた。

「鑑賞させていただいている側としては、そこが楽しいのですけれど」

「なにが言いたいのか、儂にはわからぬ」

わけがわからない物言いに、シロは息をつく。

絹糸のような髪の毛を一本抜きとった。

フッと息を吹きかけると神気の流れが空気の塊となり、長い髪が形をつくる。

「みゃあ」

真っ白い猫が現れる。

ほとんど神気を感知されない使い魔だ。傀儡よりも行動が制限されるが、外界を見張るには充分だろう。

実は九十九が学校へ行く際は、いつも使い魔で見張っている。九十九本人は気づいていないだろうが、あの巫女から目を離した瞬間など今まで一度もない。

本当は傀儡を連れていかせたかったが、今回はこれで我慢してやろう。鬼程度であれば充分なはずだ。そもそも、五色浜に棲むのは無暗《むやみ》に人を害する類の鬼ではない。気難しくて御せぬ変わり者だが、一応は理性を持っている。

「我が妻は頑固だからな。こちらが上手くやってやらねば」

「ふふ……こうやって、甘やかすのですわね」

「だから、なにが言いたい」

鬱陶しい。

シロは使い魔に「行け」と合図を送る。猫は「みゃお」と一声鳴くと、従順に結界の外へと走った。

「そんなに大事なら、籠《かご》に閉じ込めて繋いでしまえばいいのに。気に入った者に加護を与え、檻《おり》で囲って寵愛するのも、我々の特権ではありませんか。幾千年とそのように生きてきたのが、わたくしたちでしょう？　少なくとも、あなたはそうしてきたではありませんか」

声のみで天照の姿は既にない。からかうだけからかって、自分の部屋へ帰ってしまったのだろう。

「神の特権などと……儂は――彼奴《あやつ》とは違うのだ」

吐き捨てるように言い、奥歯を噛む。

♨　♨　♨

きらりきらりと陽射しを浴びて、揺れる波が輝く。

初夏の海風は心なしか冷たく、しかし、生温かい。

海開き後であれば海水浴客で賑わうものだが、白い砂浜にも、隣接する子供用のプールにも人っ子一人いなかった。

「ひゃー。海、気持ちいいー！」

それでも、ビーチを前に京のテンションは高まったらしい。黄色い声で騒ぎながら、砂浜を走っていく。

はしゃぐ友人の姿を見ながら、九十九は「はは……」とやや疲れた笑みを浮かべた。女子高生って元気だな。自分も女子高生だけど。などと考えてしまう自分は年寄り目線なのだろうか？

「みゃぁ」

いつの間にか、九十九の足元には白い猫が座っていた。

どこからついてきていたのだろう。人懐っこいので、ここに住み着いた猫なのかもしれない。

毛は長めでモフリとした風貌が、なんとなくシロを連想させる。

九十九は、つい猫のかたわらに座り込み、手を伸ばしてしまう。

「シロ様も連れてきてあげたらよかったかな……」

猫がピクリと耳を動かした気がする。琥珀みたいな瞳が、こちらを見あげた。

京がいるので、無駄に美形な傀儡を使われると困ると思って断った九十九だったが——。

「よくよく考えると、シロ様って道後に引きこもってるわけで……海なんて、たぶん、久しぶりだろうしなぁ。傀儡越しだけど」

独りごちながら、九十九は猫の顎をゴロゴロと鳴らす。

まあ、誰も聞いてないから、いっか。と、九十九はため息をつきながら、猫の頭をなでた。

「でも、シロ様が悪いんだから……ううん。わたしが悪いのかなぁ……わかんないや」

さて。猫に癒されたところで、宿題といこう。気持ちを切り替えなくてはならない。

取材地である五色浜を写真におさめるべく、九十九はスマートフォンを片手に歩き出した。

猫が「もう終わりなの⁉」と言いたげに足にまとわりついてくるが、残念ながら餌付《えづ》けできるものを持っていない。ごめんね。と、心の中で謝る。

「もう……京ったら、こんな時期に水遊びして……海開きまだだよ！」

猫に気をとられている間に、京が裸足で砂浜を駆けていた。波間に向かって、タッタッタッタッ。ザプーンという音がする。

「ゆづ！　冷たい！」

「当たり前でしょ……まだ六月だよ」

引きこもりの誰かさんも海へ来たら、こんな風に騒ぎそうだなぁ。いやいや、仮にも神様なんだから、もっと落ち着いていてくれるはず。などと考えてしまい、九十九は首を横にふった。

すぐにシロのことを思い出してしまうのは、いつも無駄にベタベタされるからに違いない。

そう、無駄に。

「まあまあ。せっかく海来たんやけん、気分だけでも！」

京は無邪気に笑いながら、足元の海水をすくいあげた。初夏の陽射しにキラキラと水の雫《しずく》が反射しながら弧を描く。

「やだ、ちょっとかけないでよ！」

「だって、ゆづと遊びに行くの久しぶりやもん！」

「取材じゃなかったの？」

ショートカットを浜風に揺らしながら、京がぴょんっぴょんっと波の中で跳ねている。

学校ではボーイッシュな見た目から、「イケメン女子」として後輩の女子から人気なのに。もう少し自覚してクールビューティに振舞えば、もっとモテるのではないかと、九十九は常々思っていた。残念な気がしてならない。女の子にモテる必要はどこにもないけれど、もったいない気はする。

九十九はフッと表情を緩めた。

「まったく……」

視線を落とすと、浜を赤い蟹が横歩きしている。

平家の姫が旗の色になぞらえたのも、こんな風に赤い蟹だったのだろうか。

白い蟹は九十九も見たことがない。該当するとすればアルビノ種だろうが、突然変異のようなものなので、随分と珍しいだろう。見つけられたとすれば、よほどの幸運。

「京、一応は取材に来たんだから、とりあえず写真でも——」

あれ？

なんだろう？

違和感を覚えて、九十九は立ち止まる。

「なに？　記念撮影するん？　おっけー！」

「ちがう……違う！　京、早くそこを離れて！」

「え？　どしたん？」

わけがわかっていない京は、腑《ふ》に落ちない様子で波間に立っている。

九十九は急いで走ったけれども、砂に足をとられてしまう。

「稲荷の巫女が伏して願い奉る」

シロの髪の毛が入った肌守りを握って九十九は言葉を紡ぐ。京の前で神気を操ることははばかられたが、緊急事態と判断した。

京の足元で蠢《うごめ》くもの。

白い影のようなものに、強い力を感じた。

「うっ……くっ……！」

が、九十九は言葉の続きを紡ぐことはできなかった。

前方から力の塊のようなものが押し寄せてきたのだ。息もできないくらい空気が重く、九十九は口を開くことができなくなった。

「ゆづ……？」

京は異変に気づいていないが、足元から影が吹き荒れるように大きくなっていく。

瘴気《しょうき》。

神気が陽の気であるなら、瘴気は陰の気。神の巫女である九十九にとって、毒のような気の流れであった。

瘴気は存在するだけでは、人に害を与えることはない。されど、溜まりすぎると疫病や災害の元になる。

けれども、この瘴気の塊は自然に蓄積したものではない。

――アレは御せぬ鬼だ。

鬼は神気と瘴気を併せ持つ特異な存在だ。妖や幽霊の類であり、神霊の類でもある。鬼が瘴気を発しているというのだろうか。

「お……に……？　でも、これって……」

九十九は初めて出会う類の瘴気に戸惑う。

「え？　ひゃ⁉　なにこれ！　足引っ張られてる⁉」

京の足元の波が黒い渦を巻きはじめる。すべてを呑み込むブラックホールのようで禍々《まがまが》しい。瘴気自体は見えていないようだが、足を引っ張られて流石に危険を感じたのか、京はようやく逃げようとする。

「だから、儂も行くと言ったのに」

リンと鳴る鈴のような一声が聞こえたかと思うと、九十九の前に白い猫が飛び出した。

「さて。我が妻を瘴気で脅《おびや》かすなど、赦し難い冒涜《ぼうとく》であると言いたいところだが……余裕はなさそうだな」

白い猫は九十九の目線の高さまで飛び跳ねるが、すぐに、霧《きり》のようにその身体を散らしてしまった。瞬間、九十九の身体が一気に軽くなった。わずかな間だけ浄化の神気が漂い、周囲の瘴気が弱まったのだ。

「稲荷の巫女が伏して願い奉る　闇を照らし、邪を退ける退魔の盾よ　我が主上の命にて、我に力を与え給え！」

九十九は両手を前に出して、シロの神気で形成した盾で瘴気を避けながら前に進んでいく。

「京！」

薄い膜のような盾が瘴気をかき分けて進む。正面から強い風に吹かれているかのように足どりが重く、前に出した腕がガクガクと震えた。まるで、小さな傘を盾に台風の中を進んでいるようだった。

「ゆ、ゆづ。なんしよん⁉」

京には瘴気は見えていない。わけがわからないまま自分の身体が動かなくなり、九十九がパントマイムしているように見えているのかもしれない。

九十九は構わず足に力を込めるが、ズブリと砂に埋まっていくばかりだ。自分の身体とは思えない重さが襲う。

「く、う……」

シロの神気で形成した盾に傷が入る。九十九は補填《ほてん》しようと自分の神気を使うが、間にあいそうになかった。

盾を上手く使えば、自分だけは逃げられる。そもそも瘴気を軽減して逃げる時間を稼ぐ程度の力はあっても、友人を連れて逃げるなど最初から無理だったのだ。九十九はわかっていながら、京を置いていけなかった。

先ほどの猫はシロの使い魔だろう。結界の外で九十九を見張っており、神気を使って逃げられるように隙を作ってくれたのだと思う。シロは遠く離れた結界の中にいる。これ以上の干渉は難しい。この強い瘴気の中では、傀儡を連れていても同じだったに違いない。

京が意識を失って、瘴気の渦に呑み込まれていく。九十九も力尽きて砂浜に膝《ひざ》をついてしまった。

「シロ様、ごめんなさい」

こんなときなのに、シロの顔が脳裏《のうり》に浮かんだ。

シロは九十九に忠告した。それを無下にしたのは九十九自身だ。

『強情な奴じゃの。すべて我《わし》に任せておけばよいものを』

神気の盾が割れる。が、不思議なことに九十九の身体は瘴気に呑まれることはなかった。

「え?」

漆黒の髪が広がる。

墨《すみ》のような深い黒を湛えつつも、艶のある長髪はしなやかで。純白の絹によく映えた。

衣褌《きぬばかま》をまとったうしろ姿が神話の神々のよう……否、この神気は間違いなく神だ。

でも、これ。誰？

知らないうしろ姿に九十九は混乱する。

知らない。いや、知っている？

舞っているのは、白鷺の羽根か。白い羽根が輝きをもって、吹き荒れる風に誘われる。

「……つばさ……？」

とてつもない神気が渦巻いている。九十九は、こんなに大量の神気を感じたことなど一度もない。神の祝福――いや、そんなものではなかった。

『ふん、我《わし》を前に逃げるか。なるほど、懸命な判断だの』

誰かの腕が九十九の肩を抱く。京に視線を移すと、気を失っているようだが強い神気に守られていた。

京の無事を確認した途端、九十九は気が抜けた。

すごく、眠い。

重い瞼《まぶた》の間から光が差し込む。強力な神気によって、異界への門が開いたのだと悟った。

そして、その向こうにあるのは、九十九が知っている場所で――。

目を閉じる寸前に見えた光景は、見間違いだろうか。

瘴気をまとったまま海の中へと逃げていく影。

「あ……」

形も色もよくわからない。

「……白い……蟹？」

それなのに、なんとなくそう感じた。

3

波の音が、さわさわと。

暗い夜の海に、一人、美しい姫君が立っていた。

しなやかな黒髪は闇に溶けそうで。月明かりすらも吸い込んで。

蝶の模様が描かれた紅い着物が波に濡れることも厭わず、姫君はそこに立ち尽くす。

「赤い蟹が一匹……二匹……」

歌うような声で数えているのは、足元を這う赤い蟹。姫君は楽しげに蟹を見下ろしているが、その顔は見えない。

しばらくすると、美しい声は次第に崩れ、悲哀に暮れる。

「赤はよい……赤は……嗚呼、何処かに——何処かに！」

唐突に声を荒らげ、姫君は別のものを探しはじめる。

まるで、なにかに取り憑《つ》かれたかのように。

いったい、なにがあったのだろう。

叫びながら、姫君は海の中へと歩んでいった。黒い沼のような冷たい海へ。叫びも波音にかき消され、美しい赤の姫は塗り潰されていく。

「もしも、白い蟹を見つけたら気をつけてください」

「——!?」

背後に気配を感じて、九十九は弾かれるようにふり返る。

けれども、見開いた視界に飛び込んだのは、暗い海辺ではなく——知っている天井であった。

「つーちゃん！」

叫び声と共に、身体を抱きしめられる。

温かくて、柔らかいが、力強い。

「お母さん……？」

九十九はようやく口を開き、周りの状況を把握《はあく》しようと努めた。

畳の部屋に置かれている調度品には見覚えがある。

古びた箪笥《たんす》の上の写真は、小学校の修学旅行のもの。立派な柱にかかっている時計は和室には似合わないピンクのハートだ。窓ガラスには、百均で買ったガラスステッカーが貼ってあり、壁には好きな漫画の特典カレンダー。

九十九の部屋だ。

布団のかたわらには母である登季子がいる。コマが「幸一様ぁ！」と叫びながら、慌てて父を呼びに走る音も聞こえた。

「わたし、確か外出中……あれ？　京は？」

「京ちゃんは、さっきご両親が連れて帰ったよ。とりあえず、術はかけたから今日のことは忘れてくれてるはずさ」

「今日のこと……？」

言われて、ぼんやりと「ああ、そうか」と思い出す。九十九は五色浜まで出かけていた。たしか、宿題の取材だった。だんだん記憶が鮮明になるにつれて、一方で、わからないことも浮かんでいった。

あの強い瘴気は、なんだったのか。

一瞬見えた白い蟹は……。

そういえば。

「ねえ」

どうして、自分はここにいるのだろう。

誰が運んでくれた？

「お母さん、シロ様は？」

こういうとき、たいていシロは九十九のそばにいる。うるさいくらい心配して、鬱陶しいくらいスキンシップを求めてくる。そういうパターンだ。

なのに、部屋の中は静かで。

「つーちゃん。シロ様は……その、なんだ……ちょっと調子が悪くてね」

妙だ。頭がぼんやりしている九十九でも、そう感じずにはいられなかった。

登季子は九十九から視線を外し、気まずそうにしていた。母がこういう反応をするときは、わかりやすく嘘をついている。そういう表情だと九十九は知っている。

「どうして？」

「松山あげの食べ過ぎで……」

「もっとマシな嘘ついて。あっちにいるんでしょ」

サバサバザックリとした登季子も、嘘をつくときは恐ろしく歯切れが悪い。嘘に向いていない人なのだと思う。

九十九は布団からサッと立ちあがる。立ち眩《くら》みがして大きく身体がよろめいたが、なんとか持ちこたえた。

「つーちゃん！」

母の制止をふり切って、畳を踏みしめた。

なんか、嫌な予感がする……ただの勘だが、九十九は一抹の不安を覚えた。

「騒がしいと思えば……やっと、我が寝所へ出向く気になったかな？」

「あ……」

九十九が手をかける前に、襖が開いた。

琥珀色の瞳がニタリとした弧を描いており、真っ白な髪の上で耳がピクンと動いている。

藤色の着流しがよく似合う中性的な体躯。背後で尻尾が楽しそうに揺れていた。

「シロ、様？」

「なんだ。そぉんなに儂に会いたかったのか……かわいい子猫ちゃんだな」

などと言いながら、シロは九十九の前に顔を近づける。キスしそうな距離まで無駄な美形が迫ってきて、九十九は思考がパニックに陥った。

「こ、子猫ちゃ、んッ!?　ちょ、シロ様！　またテレビで変な言葉覚えたんでしょう!?」

こいつ、いつもより……鬱陶しい！　別の意味で、どうしちゃったんだろう！

「ハニーのほうがよかったかな？」

「は、はに!?　なんの話ですか！　……心配して損しました」

「儂が心配などされる所以《ゆえん》が何処にある。儂が心配しているのだぞ？　ベイビー？」

「だから、変な呼び方はやめてくださいってば！」

九十九は違和感を覚えつつも、思考が追いつかない。きっと、寝起きだからだ。というか、眠い。立っているのもやっとなくらい身体が重い。瘴気に当てられ、神気を使ったからだ。

シロのペースに嵌められている気がした。

「でも、だったら誰が五色浜から連れて帰ってくれたの？　わたし、てっきり……」

シロは結界の外へは出られない。

使い魔や傀儡を行使して神気を操ることはできるが、それだけだ。

もしも、外へシロが出るようなことがあれば、旅館を囲む結界を維持することは難しいと、昔教わった。多くの神々や妖を受け入れている湯築屋の性質上、外界から見えず、宿泊客の力を制限する強力な結界が必要なのだと。

「細かいことはよかろう。それじゃあ、儂は見たいテレビがあるから失礼するぞ」

「え、あ……はい……」

存外、あっさりと立ち退くシロに拍子抜けしながら、九十九はコクリとうなずいた。

「なによ……シロ様ってば」

シロの仕業ではないとすれば、いったい？

白鷺の翼を持った――あれは誰だったのだろう。

「とりあえず、つーちゃん。ゆっくり休みなさい」

「うん……」

そのあと、九十九は幸一が持ってきたお粥《かゆ》を食べたが、いつの間にか、とにかく眠くなっていた。神気を消費しすぎたからだと説明されたし、自分でも理解していた。まだ本調子ではないのだ。

登季子が学校へ連絡したので、明日は休むことになる。地味に皆勤賞が途切れてしまったが、そんなことはどうでもいいように思われた。

九十九は糸が切れた人形みたいに、再び泥のような眠りに堕ちた。

♨　♨　♨

「まったく。よろしいではありませんか……そこまで重要な秘密なのでしょうか？」

湯けむりあがる岩の露天風呂。

平常であれば客が利用する広い浴場だが、今は「ある理由」で貸し切られていた。

足を踏み入れるのは、稲荷神白夜命。絹束のような白髪をふり払って、浴槽《よくそう》のほうへと歩んだ。

だが、その姿が蜃気楼《しんきろう》のように揺らめく。

ゆらり。まるで、太陽の戯れのように。

「何《いず》れの形をとっていたとしても、あなたは神に違いありません。成り立ちを隠したところで人との関わり方に変わりがあるとも思えませんけれど？」

その姿は幻のように変化《へんげ》する。藤色の着流しを身につけた稲荷神の姿は、妖艶なる魔性の色香をまとった少女──天照大神へと姿を変えてしまった。自らの姿を偽る変化の術を解いたのだ。手には重量感のある青銅製の鏡を持っている。

天照は着物をつまみあげながら、湯船に向かって薄く笑った。

「今回は貸しにしておきます。まあ、これはこれで楽しかったので、またやってみたいですが」

「調子に乗るな」

湯けむりの向こうから声がする。

湯船に浮かぶのは蓮の花。本来ならば水の上に咲く花が、湯の上を滑るように流れていく。根も茎も持たぬ幻影の花故、存在が曖昧であやふやなのだ。

一重《ひとえ》に、二重《ふたえ》に、幾重《いくえ》にも、水面《みなも》に波紋が広がり、広がって──されど、花は消えていく。

幻影であるそれらは、咲いては塵《ちり》のように溶けていった。

「だいたい……儂はお前たちが望むような存在ではない」

「同じようなものです」

「大雑把に括りよって」

「神とは大雑把なものですわ。そして、傲慢《ごうまん》なの」

ため息をつく。

長い黒髪が湯に落ちる。

墨が水に広がるように、湯を侵食する髪が藻の如く漂っている。だが、そこにおぞましさはなく、淡い神気の光によって幻のような儚さがあった。

琥珀色の瞳が物憂げに。けれども、煩わしそうに天照を睨む。

「素直に自分で見舞いに行けばいいではありませんか」

「このような姿、九十九に見られるわけにはいくまい」

「もう。わかっておりませんわね」

「わかっておる。元の状態まで神気を取り戻して抑え込むには、数日はかかるだろうよ」

「だから、わかっておりませんわねって。同じことを言わせないでくださいませ」

湯船につかる黒い髪の持ち主——シロはあからさまに顔を歪めた。

天照は唇を尖らせる。

「何代も人の巫女を娶ってきているくせに。まったく……もっとマトモなテレビを見てはいかがです？　昼ドラの再放送ではなく、キラキラと輝いて眩い……若い女優やイケメン俳優が主演の恋愛ドラマを見てください。なんなら、漫画でもよろしくてよ。これが日本の神なのかしら。クール・ジャパンに乗り遅れすぎでは？　我が秘蔵の宝物《推しのＤＶＤ》を見ます？　尊いですよ？」

「は？」

　まくし立てるような早口で言われて、シロは面食らう。

「もっと、輝きを愛でなさい。そして、勉強なさい」

「意味がわからぬ」

「乙女心を理解しなさいな、と申しあげております。あれはいい輝きですわよ……まあ、知ってはいるのでしょうけれど。でも、気づいていなければ、その素晴らしさは理解できません」

　話が通じない。

　同じ国の、同じ時代に存在する神だというのに、嘆かわしい。今は天照の趣味につきあってやる余裕はないので、シロは口を閉ざした。

　白い肌を珠のような水滴が滑る。

　目を閉じて、神気を髪に集めた。墨のような黒髪が銀に光り、色が抜けていく。絹束のような白い髪が湯に踊った。

　しかし、純白は一瞬で解けて、水面《みなも》に漂うのは何物にも染まらぬ黒。

背には——何物にも侵されぬ白。

西洋であれば、天使とでも呼ばれるかもしれない。自分の背に生えた白い翼に触れると、神気が揺らめくのがわかった。

元の姿を保っておけるだけの神気を回復させるには、少なくとも三日はかかるか。

「まあ、ご自分の力で巫女を救いたいという独占欲の話でしたら、理解してあげなくもありませんが」

花が咲く。

「……独占欲などと」

咲いた蓮が水面に波紋を——作る前に、塵のように消えていった。

幻の蓮はサラサラと散っていく。

♨ ♨ ♨

浅い眠りに堕ちては、まどろみに浮きあがる。

何度も何度も繰り返し、浮いては沈む意識。起きているのか、眠っているのかわからない。すべて夢《まぼろし》のような気もするし、現実《うつつ》のような気もする。

「九十九」

眠っているのか、起きているのかわからない。

ただ、九十九の額に触れた指が、誰のものかはわかった。

「……シロ様……？」

問うと、相手がうなずいた気がした。

顔を確認したかったが、あいにく、瞼が重くて持ちあがらない。

なんで、今更。起きているときに来てくれればいいのに。寝ているときを狙うなんて、卑怯だ。と、心の端で思ってしまう。

「シロ様、ごめんなさい」

どうして、そんな言葉が出たのか自分でもわからなかったが、すぐにシロの忠告を無視して自分が五色浜へ行ったからであると思い至った。自分のことなのに、思考と言葉が結びつかない。やはり、これは夢だろうか？

あれでも、シロは九十九に忠告してくれていた。それを無視したのは自分だ。

ごめんなさい。

「なにを。九十九は我が妻ではないか」

優しい指が額から頬をなで、唇に触れる。

とにかく眠くて、眠くて。でも、お腹は空いていて。夢なのに現実のような気がする。

なんとも曖昧で、九十九は考えることをやめた。

「妻を守るのは、夫の役目と決まっておる」

親指で頬をなでられる。

心地いいような。居心地悪いような。これやっぱり、夢なんだろうなぁ。そう信じて疑っていない自分がいる。

シロのスキンシップが過剰なのは今にはじまったことではないが、なんとなく、今目の前にいるシロは夢の存在なのだと感じとっていた。こんなに都合がいいのは、夢だからだ。

夢か現実か、区別などつく状態でもないのに。

「でも、シロ様は別に……わたしのこと好きなわけじゃありませんよね？」

夢の中だから。

いつもは言えないようなことを言ってみた。だって、夢だもん。少なくとも、九十九はそう信じている。

「なに？」

シロの動きが止まった。

生暖かい肌の温度が、じんわりとしみる。リアルな夢だなぁと、九十九はぼんやり考えた。

「だって、シロ様の目当てはわたしの巫女としての神気と、自分の創った宿であって……その……わたしじゃなくても、いいじゃないですか……上手く言えませんけど、ぶっちゃ

け。湯築の巫女なら、誰でもいいってことですよね？　代々同じように、巫女を娶ってき

たんですよね？」

「…………」

「違いますか？」

目も開かないほど疲れている。

夢うつつの狭間なのに、何故か九十九は饒舌であった。

「神様の視点だと当たり前というか、そんなの当然だって思っているかもしれませんけど

……わたし、小さいころからこんなんだから、ちゃんと恋愛したこともなくて……自信がな

いんです。巫女はやれても、シロ様の妻をやる自信がないんです」

シロのことは好きだ。でも、それが恋愛かどうかはわからないというのが、正直なとこ

ろ。

きっと、シロがいなくなれば自分は悲しい。日常に大きな穴が空き、耐えられない苦痛

に苛まれると思う。

でもね。でも、シロ様。

わたしは、あなたとの関係が……よくわからないんです。あなたにどうやって触れてい

いのか、全然わからないんですよ。

口には出さない思考がどんどんと胸の中に溢れていった。考えれば、考えるほど胸がし

めつけられるようにキツくなる。その苦しさに耐え切れず、九十九は声をあげて泣きたくなっていた。

「儂には、九十九がなにを悩んでいるのか理解できぬ。だが、九十九が儂らの在り方に対して戸惑っていることは理解した」

「すみません……」

「否、理解できぬわけではない。九十九の言うことは、人としての在り方だ。儂が湯築の人間に長らく甘えた部分であろうよ。そなたらに、巫女であることを強いてきた」

薄《うっす》ら目を開ける。朦朧《もうろう》とする視界の中で、琥珀色の瞳が寂しげに伏せられていた。

あれ？　これって夢じゃ、なかった、のかな？

九十九は急に自信がなくなる。

「だがな、敢《あ》えて言わせてもらおう。九十九……神である儂に、人の在り方を求めることは――酷ではないか？」

「え……」

「人のように情愛を注いだところで、お前たちは未来永劫、儂の傍に在り続けると約束できぬではないか。お前たちはいつだって先に進んでしまう。そういう生《せい》だからな」

シロに言われた瞬間、薄く開いた目尻から熱いものがこぼれた。

涙。

悲しい。ううん、悲しくはない。悲しくもないのに、胸がしめつけられた。息が詰まって、身体の奥から熱のようなものがわいてくる。

じわりじわりと、侵食していく。

どうしてだろう。

苦しい。いいや、苦しくない。

熱い。ううん、熱くない。

痛い。いいえ、痛くはない。

「あ……」

シロは神様だ。何年も、何百年も、何千年も……人の信仰がある限り、変わらずあり続ける。

人とは違う存在。

シロにとっては、人の命など一瞬で過ぎ去っていくもの。神が死ぬときは、信仰が消えるとき。誰の記憶からもその名が消え、堕神となる瞬間だ。それまでの長い間、シロは存在し続ける。

人に情愛を注ぐ神もいる。けれど、それはそもそも人が人を愛する感情とは違うものなのかもしれない。マトモな恋愛もしたことがない九十九には、わからない。人と人の愛も理解しない九十九には、神の情など理解できるはずもなかった。

「シロ様は」

ほんの好奇心。いや、思いつきだった。

シロの寂しげな表情を見ていると、聞かずにはいられなかった。

「シロ様は、人を愛したことがあるんですね」

琥珀色の瞳が見開かれる。

しばらく九十九を凝視していたが、なにも言わない。ただ黙って、九十九の顔を見下ろしていた。

「すみません。出過ぎたことを言いました……でも、夢、だし……」

また目を開けていられないほどの眠気が襲う。すうっと、霧がかかったように周りの景色が見えなくなっていくので、九十九は抗《あらが》わずに瞼を閉じた。

「嗚呼。悪い夢は忘れて眠れ。我が巫女よ」

あれ？　いつもみたいに、我が妻って呼んでくれないのかな？　九十九は違和感を覚えたが、どうせ夢だし細かいことはどうでもいいとも思っていた。

それよりも、とにかく眠い。学校を休んでいることや、宿題をやっていないことを思い出したが、それらも、どうでもよくて……九十九は深い沼へと呑まれるように、思考を手放した。

4

びっくりするほど、頭がクリア。

眠気が完全に吹き飛んで、九十九は思いっきり伸びをした。憑き物が取れたような気分だ。元々の疲れが蓄積していたのもあるかもしれない。

窓の外は、相変わらず黄昏の藍色で、朝か夜かもわからなかった。柱の掛け時計は九時を示していたので、たぶん、朝の九時かな？　夜かもしれないけれど。

「おはよう、お母さん」

寝込んでいたとは思えないくらい軽い足どりで部屋を出ると、登季子が驚いた様相でこちらを見ていた。

カッチリと藍色の着物を着ており、女将として旅館に立っていたのだとわかる。

「つーちゃん、もう大丈夫なのかい？　まだ寝てなきゃダメだろう！」

「え……もう大丈夫だよ。心配かけてごめんね、お母さん」

登季子は心配そうに九十九の顔を覗いていたが、やがて九十九の神気が正常に保たれていることを確認して、表情を和らげる。

「三日も寝込んでいたら、そりゃあ心配するさ」

「三日？　え、それ本当？　え？　寝込んだの、昨日じゃなかったの？　学校は？」

「嘘なんてつかないよ。学校のことなんて、子供が考えるんじゃありません。いいね？」

「子供の本業は、学生なんですけど」

「いいから休みなさい」

昼は女子高生。夜は旅館の若女将。

考えてみれば、毎日の生活が既にハードワークだった。

「もう九時だし……どうせ、学校遅刻だもんね。お仕事しようかな」

「だから、つーちゃんは寝てなさいって！　こっちは、あたしがなんとかするから」

「でも、暇だし……」

「休みなさい」

思えば、暇を持て余すことがあまりなかった。

学校が休みの日は旅館の業務がある。九十九の日常に休みというものがなかったので妙な気分だ。たまに友達と遊びに行っても、午前中で帰ってくることが多かった。

旅館はそもそもお客様でいっぱいになることも少ないので、一般的な接客業と比べて目が回るような忙しさはない。女将の登季子が働いているなら、今日は無理に若女将の業務に勤しむことはないと理解できるが……。

「動いてないと落ち着かないっていうか」

「いいから、いいから」

暇なのは、暇なので困る。部屋に押し込められて、九十九はそんな感想を抱いた。

インターネットを使って、社会科の宿題レポートを終わらせてしまおうかと意気込んだが、それも三十分足らずで終わってしまった。思ったよりもアッサリしたものだ。テスト勉強するにしても、日々コツコツと積み重ねているので、特別追加してやることもない。

「うーん」

時計の秒針が刻まれる音を聞いているだけというのも退屈だ。一度読んだ漫画を意味もなく読み返す気分でもない。

父の幸一が作ってくれたお昼ごはんはありがたくいただいたけれど。

今日は鯛出汁ラーメンだった。塩ベースのスープに鯛の香りがふんわりと乗っていて、上品な味わいのご当地ラーメンである。飲み干せるくらいアッサリしたスープが美味しく、ほんのり香る柚子の皮も最高の相性だ。鯛の身はふわふわで軟らかく、上手く食べないと出汁に溶けてしまいそうだった。

「…………」

暇。

いや、違う。

「静か……」

九十九は、この状況のことを「寂しい」のだと初めて悟った。

いつも九十九は、たいてい誰かと一緒にいる。学校に行けば友達。旅館ではコマをはじめとした従業員、そして、お客様。

あと──。

「調子狂う」

こういうとき、いつも出てきてつきまとうアレがいない。

神様のくせにテレビばかり見ている引きこもりで、九十九にベッタリのかまってちゃん。ポテトチップスの感覚で松山あげを食べて、人の世を謳歌《おうか》している駄目神。

考え方がいちいち神様視点で、九十九とはズレているけれど──たぶん、人のことは大好きなんだと思う。

「シロ様、どうしたんだろ」

こういうときにこそ、なにか企んで顔を出しそうなものなのに。現れないとなると、逆に不安になった。

五色浜で意識を失う直前に見た光景が脳裏に浮かぶ。曖昧で不鮮明な記憶で自信は少しもない。

「あれ、誰だったんだろう？」

ぽつりと呟いたあとに首を横にふり、立ち上がる。考えていても埒《らち》が明かないので、部屋の外へと滑り出た。

やはり、じっとしているのは性にあわない。

聞き分けのない小さな子供のようだ。自分が登季子の立場であれば、間違いなく怒るだろうが、九十九がこういう性質《さが》なのも確かである。

「あら、何処《いずこ》へ？」

部屋を出るとすぐに声をかけられた。

まるで、待ち伏せでもされていたかのようだ。

「天照様……？」

幼い少女の姿をした神が、九十九を見あげて小首を傾げていた。艶のある唇は意味深に微笑み、太陽の色を宿した瞳は興味深そうに九十九から視線を外さない。

「たまたま通りかかっただけです。お気になさらず」

「まだなにも聞いてませんけど……」

「別に、隙あらば味見してもいいとか、思っていませんよ」

「いや、まだなにも聞いていませんって」

「邪魔などするつもりはありませんわ」

「は、はあ……」

「わたくし、ついていくだけですから」

「は、はい……って、わたしお風呂入りに行くだけですけど？」

「ええ。乙女の湯浴みは素晴らしいです。果実のように甘い芸術品です」

「いやいやいやいやいや。乙女とか言われるほど、立派なモンじゃありませんし」

三日も寝込んでいたと聞かされたせいか、身体を洗いたくなってしまった。髪は皮脂でペタッとしているし、背中も若干痒い。インフルエンザで数日、お風呂に入れなかったときと同じ状態だ。

「一緒にガールズトークといたしましょう。触りあいっこも、女子《おなご》の楽しみですし」

「お客様の身体なんて、触れませんよ！」

「もちろん、身体を清めたあとの外出も」

魅惑的な声で囁かれる。天照に手を引かれて、九十九は引きずられるように、姿勢を落とした。

「また行くのでしょう？」

耳元で、蜜のような響き。

「悪い子。でも、好きよ」

♨ ♨ ♨

部屋はもぬけの殻。

誰もいなくなった娘の部屋を前に、登季子は似合わず狼狽《ろうばい》する。夫が娘のために作った夏みかんのゼリーを畳にこぼしてしまった。

「つーちゃんったら！」

九十九が昏睡《こんすい》状態で運ばれたときは、気が気ではなかった。

普段は家を空けてしまうことが多いが、九十九が眠っていた三日間は精一杯看病した。久々に親らしいことをしてみると、慣れないものだと思ったが……やはり自分は彼女の親なのだと実感する。

母親。

自分の前に存在し得なかったかもしれない、選択肢だ。

「…………！」

追いかけないと。と、瞬時に判断して、登季子は身をひるがえした。上質な着物の袖が揺れ、身体にまとわりつく。

けれども、登季子の目の前に突如として気配が現れた。

「放っておけ」

意外な相手からの、意外な言葉。

登季子は眉間《みけん》にしわを寄せる。

「放っておけ、ですって？　まさか貴方《アンタ》から、そんな言葉を聞くとは思っていませんでしたねぇ……シロ様」

登季子がまっすぐ睨んだ先で、シロは浅く息をついていた。

「左様か？　儂は大抵、巫女には自由にやらせているつもりだがな」

シロは当然のように言い、登季子の肩に手を置く。

その途端、自分の中から溢れていた神気がシュッと消えていくのがわかる。無意識のうちに、焦りで神気を乱していたようだ。湯築の中でも神気を御することに関しては随一であると自負していた登季子だったが、それほど、我を忘れていたということだろう。

「なにかあっても守ってやれるとは限りません。シロ様だって、あんなことは何度もしたくはないんでしょう？」

登季子の言葉を受けて、シロはさり気なく視線を逸らす。

「……結界の外に関して言えば、儂ほど無力な神もいるまいよ」

「だったら、なんでつーちゃんを外に――」

「箱庭で巫女を飼うことを庇護《ひご》と呼ぶならば。そして、そなたらがそれを望むならば、そうしてしまっても構いはしないが？」

シロならば、そうすることができるが、敢えてそうしていない。そうすると決めるならば、九十九に今後一切の自由を与えないと言っているかのようだ。いや、言っている。

つまり、例外は作らない。

神はいつも思想が極端で融通《ゆうずう》が利かない存在だ。悪い意味で公平であり、平等。そのような振る舞いに、登季子はいつも頭を悩ませてきた。これが人と神の違いであると実感する。

「最初に忠告はした。それでも巫女は我が手を離れた。そして、危険が襲っても曲げることはなかった……困ったものだ」

稲荷神白夜命の神としての力は特殊だ。

結界の内側であれば、彼は創世神すら凌駕《りょうが》する力を発揮する。あらゆる神の力を制限し、縛りつける絶対の力を見せた。しかし、そのような強力すぎる結界を維持しながら、結界の外でも同じ力を発揮することはできない。

少なくとも、稲荷神白夜命にはできない。

「であれば、巫女の行いを見定め、手を貸すことが儂の役目であろう？　その結果が悪いことばかりでもないと、そなた《そなたら》も知っておろうに。登季子」

その言葉は確認するように発せられていた。

登季子はまっすぐに問われたシロの視線に応えることができない。

「……ああ、もう……シロ様は、本当いつもズルいね。そう言われると、あたしはなにも言い返せない。そういうところ、本当に嫌いだよ」

白くて大きな尻尾が登季子の手に触れる。

登季子は悔しさで目を伏せながら、その尻尾をそっとなでた。

——できないよ。あたしは……シロ様の妻になることは、できません。

あのときの言葉が思い出される。

湯築では代々、一番神気の強い女子が稲荷の巫女となっていた。

しかし、登季子は唯一、強い神気の持ち主でありながら巫女となることを拒んだ。自分の意思で、シロの妻であることを捨てたのだ。生まれたときから結ばれていた結婚の契りを破棄して、人の妻になることを望んだ。

——よい。好きにするがいい。

シロは登季子が神の巫女ではなく、人の妻となることを赦した。動物アレルギーのふりをしているのは、巫女とならない建前を作るため。

湯築の人間はそのようなことを認めなかったが、シロは登季子を解放した。彼の決定に誰も異を唱えることなどできなかった。

その結果が悪いものであったと、登季子には断言することができない。

シロにしてみれば、すべて同じ。同等の事象なのだろう。

「九十九がそなたと同じことを言い出せば、儂は赦してやるつもりだよ」

「……あの子は、まだきっと恋や愛には気づいていないよ。昔のあたしと同じさ。生まれたときから夫が決められて、当たり前のように育ってきたんだ」

そして、自分は子供にその役目を押しつけた。

生きている間に自分よりも強い神気の女子が生まれれば、その子が巫女となるのが慣習だ。そうである以上、登季子が九十九に巫女を押しつけたとは言えないかもしれない。

けれども、登季子には予感があった。

自分が産む子供は、きっと強い神気を持っている。巫女に選ばれるだろう。

そして、予感通りに登季子の子供――九十九はシロの巫女に選ばれた。

まだ神気を上手く扱えないでいるが、九十九は登季子を遥かに凌《しの》ぐ力を持っている。彼女が生きている間に、あれ以上の巫女は現れないかもしれない。

九十九は真面目な子だ。

若女将の仕事だけではなく、シロの巫女であり妻である自分の役目を全うしようとしている。自分のあり方に悩みながら。

「巫女を囲い、籠に閉じ込めるのも神の在り方だと天照に言われたよ……だがな、人はそれを傲慢だと感じるのだろう？」

以前にそう指摘でもされたことがあるのか、シロは伏し目がちに言った。いったい誰のことを思い出しているのだろう。登季子は時々、彼がここではないどこかを見ているような気がしてならなかった。

「それに、儂は徒《いたずら》に巫女を危険に晒《さら》そうと言っているのではない。不本意だが、アレは使い魔や傀儡などより、よほど役に立つだろうよ」

琥珀の瞳を細めて、シロは登季子に背を向けた。

5

松山市には「松山」の名を冠する駅が二つある。

JR松山駅と、松山市駅だ。一般的に「松山駅」と言えばJR、「市駅」と言えば伊予鉄道が運営する松山市駅。そして、「駅前で遊ぶ」と言うと、松山市駅周辺のことを意味する。

繁華街やアーケード商店街が近く、百貨店が併設される松山市駅周辺のほうが賑わっているというのが、市民の認識であった。松山市駅のホームは平日の昼間であっても、それなりに人通りがある。

「ふふ。これは、デートというものでしょう? もっと、楽しみませんか?」

キャッキャッ。そんな黄色い声で笑う少女を横目に、九十九は落ち着かなかった。なんだか、周囲の視線が痛い気がする。

真っ白なマーメイドワンピースに赤いリボンがよく映える。広がった裾が歩くたびにひらりひらり、細い生足が見え隠れしていた。長すぎる黒髪は凝った三つ編みでまとめられており、リボンについた鈴が清涼な音を立てている。

「で、デートって……わたしも天照様も、女の子じゃないですか……」

「あら、では男の姿であれば、デートと称して問題ないのでしょうか？」

九十九は真面目に突っ込んだつもりだったが、天照は平然と返した。

くるりと見開いた目が少女らしくて、とても愛くるしいが、同時に底なしの沼を思わせる魔性の艶を感じてしまう。

「若女将が望むなら、そのように」

天照は弧を描いた唇に人差し指を当てた。彼女はどこからか古びた金属製のお盆のようなものを取り出し、くるりと裏返す。よく見ると磨き抜かれた青銅の鏡のようだった。

「望む姿になってみせようか？」

鏡が光に反射してふわりと神気が舞うと、蜃気楼のように少女の姿が歪む。

天照の姿は可憐な少女から一転。爽やかな笑顔の青年へと変じた。

細身で背が高く、アッシュブラウンの髪が似合う柔和《にゅうわ》な青年だ――よく見ると、天照が好んでいるアイドルグループのメンバーだった。衣装は、先日発表された新曲のジャケットで着ていたものだ。

「ちょっ⁉　天照様、こんなところで⁉」

姿が変わるだけでも、普通の人には不可思議な光景だ。そのうえ、人気アイドルが目の前に現れたとなると混乱は避けられない。九十九は必死で人目から天照を隠そうと不自然に両手を広げた。

「え？　ああ、大丈夫、大丈夫。俺のことは誰も気にしないからさ」

「へ？」

青年の姿になった天照は、周囲の様子を視線で示した。

駅のベンチに座ってうたた寝するおばあさん。スーツを着込んだ営業っぽいサラリーマン。暑そうに新聞で扇ぐポロシャツのおじさん。小さな子供を抱えた若いお母さん……誰も、天照を見ていない。

天照が大声で好きなアイドルの曲を歌いはじめても、誰もふり向かなかった。姿かたちがどうあれ、こんな声量で歌っていれば、誰かふり向いてもおかしくないはずなのに。

「誰も気にしません」

フッと風が吹くように少女の姿に戻って、天照はニコリと笑う。

この現象を見て、一種の結界のようなものだと、九十九は理解した。天照がどんなに目立つことをしても、誰も彼女を気にしない。そこにある「当たり前のもの」として認識する。

「言ってくだされば、望む姿になりましょう」

「い、いや……そういうの、別にいいんで……」

「そう言わず。ほら、稲荷神と一緒にデートしたいとか、そういう願望がおありなのでは？」

「ないですってば！」

「ええ～？」

目を輝かせながら、ズズイッと顔を寄せる天照。

――悪い子。でも、好きよ。

九十九が再び五色浜へ行くことを察して、天照は一緒に行くことを申し出た。

理由は「だって、面白そうですから」とか「暇を持て余した神々の遊びです」などと言っている。

たぶん、シロ様に言われたんだろうなぁ。と、九十九には見当がついていた。

天照が九十九のことを気に入っているのは前から感じているが、それだけの理由で一緒に外出するとは思えない。シロが絡んでいることは明白であった。

「まあ、そう気に病む必要もなくてよ。稲荷神も、あなたを心配してわたくしの同行を許可したのだから」

心でも読んでいるかのように、アッサリと答えが返ってきた。

「敢えて聞かなかったんですけど」

「そうだったの？　ごめんなさいね。でも、疑問は些細なことでも解決しておいたほうがいいと思いまして。聞かれても答えられないこともありますが」

「はあ……ありがとうございます。じゃあ、ついでに聞きますけど……わたしが寝込んでいるとき、ちょっとだけ顔を見せてくれたシロ様は天照様が化けていたんですよね？」

神気までよく似せていたが、あのときのシロは違和感があった。どこが違うと言われても困るが、九十九の勘のようなものだ。今の変化《へんげ》を見て、確信に変わった。

「そのことについては、内緒にしておいて欲しいと頼まれたので黙っておきますわ。わたくし個人としては、完璧だと思っていたので見破られて残念です。子猫ちゃん」

「ほぼ自白してますよね？」

天照はニコニコとするばかりで否定も肯定もしなかった。

「稲荷神もあなたを心配していますのよ。多少の束縛は許して差しあげて。わたくしから見れば、生ぬるいと思いますけれど」

三番線のホームに電車が滑り込んだ。

二両編成の電車が停車すると、バラバラとホームに人が流れ出る。「一番線に到着の電車は、郡中港《ぐんちゅうこう》行きです」とアナウンスが流れる中、九十九は人々と入れ替わるようにオレンジ色の電車へと足を踏み入れた。

「わたし、シロ様に束縛されてるなんて思ってませんよ。いつもベタベタ触られるのは鬱陶しいですけど」

座席に座りながら、九十九は天照に言った。

「シロ様は、わたしを止めようと思えば、無理やり止められるはずなんです。これは思いっきり好きなようにしていいってことなんだと思います。だから、天照様をつきあわせることになってしまって、逆に申し訳ないです」

はっきりと、言い切る。

九十九の言葉を聞いて、天照はくるりとした双眸《そうぼう》を二度瞬く。

だが、次には楽しそうに口角をあげているのだった。

海開き前の砂浜の寂しさを目の当たりにするのも、今年は二度目。

今回、九十九の隣にいるのは無邪気な友人ではなく、お客様——日本神話の太陽神天照大神。長い髪を結うリボンの具合を気にしている表情が無垢《むく》でありながら、悪魔的な魔性を醸《かも》している。

「それで？　探し物をしに来たのでしょう？」

天照は初夏の陽射しの下で眩しそうに目を細め、九十九を見あげた。

九十九は自信なく——しかし、やがて確信を持って顔をあげる。

「五色浜には鬼が棲んでいます」

「そうね。この辺りには、たしかに鬼が棲んでいるのでしょう。そういう匂いがしていましてよ」

小さな鼻でスンと息を吸い込んで、天照は一歩、二歩。

「でも」

「でも？」

ふり返った天照のリボンが解け、漆黒の髪が風に広がった。

「先日の瘴気は鬼だけのものではありませんでした」

九十九が言葉を続けると、天照がまとったワンピースが砂のように消えていく。代わりに、ゆったりとした白い衣をまとった姿となる。肩から羽織《はお》った領巾《ひれ》が翼のように広がり、日光を遮《さえぎ》る大きな影となった。

「そうね。流石は稲荷神の巫女です」

小竹葉《ささば》の手草《たぐさ》を掲げ、天照は唇をキュッと引き結ぶ。清涼な音色の鈴の音が響いた。

「ストレートに鬼退治などと本質からズレたことを言いはじめたら、このまま神気を吸い尽くして差しあげようかと思っていましたわ」

シレッと怖いことを言い放ちながら、天照は右手に持った手草をふる。

強い神気が空気を揺らし、光の粒が迸《ほとばし》った。神聖なる太陽の光に退けられるように、背後から静かに忍び寄っていた瘴気が弾かれる。

「鬼風情が至高の神の加護を受けた巫女の神気を脅かせるはずがございませんもの」

天照が笑う。至高の神、という表現に九十九は若干の引っかかりを覚えるが、それを問いただす場合ではない。黒くはっきりとした瘴気が蛇のようなうねりとなって、天照に迫っていた。

「であれば、それなりのもてなしをせねばなりません」

天照が握る手草が眩い光を放った。

「あつっ――」

圧倒的な熱量の物質が急に現れたので、九十九は思わず声をあげてしまう。まるで、近くで炎が生じたかのような熱さだ。幸いにして、熱は一瞬で過ぎ去ったが、突然のことだったので驚いてしまった。

天照が持っていた手草が焼け落ち、手品のように青銅の剣が一振り現れる。

「天照様⁉　そ、それって……く……く、くさな……」

「ん？　ああ、これですか？　こんなこともあろうかと思って、熱田神宮《あつたじんぐう》から拝借しておいたのです」

「熱田神宮って、やっぱそれ草薙剣《くさなぎのつるぎ》じゃないですか⁉　三種の神器を、そんなにホイホイと……」

「大丈夫。あとでちゃんと宅配便で送りますから」

「宅配便でいいんですかぁ⁉」

ちょっと友達のＤＶＤ借りてきた、とか言い出しかねないノリでサラッと流される。

草薙剣は、言わずと知れた三種の神器だ。日本神話に登場する由緒正しき剣であり、宝物中の宝物。神様とはいえ、そんなものがポンッと出てくるとは、九十九も予想していなかった。お客様のスケールには、時々驚かされる。

ちなみに、道後温泉本館には皇室専用の浴室と玉座があり、三種の神器のレプリカも置いてある。浴場を楽しむだけではなく、見学コースもあるため観光客の満足度は高い。

「このまま両断してもいいのですが……根源を断ちたいのでしょう？」

瘴気を草薙剣で払いのけながら、天照は九十九をふり返る。

試すように問われ、九十九は服についた砂を払って立ちあがった。いつの間にか、腰を抜かしていたようだ。まったく、情けない。

「白い蟹が」

天照の向こう側に見えるのはドス黒い瘴気。

そして、波間に浮かんだ白い影。

はっきりと、蟹の形をしていることがわかった。

五色浜で自害した平氏の姫君が探したという蟹と同じ姿だ。

「姫は自害したあとも怨念を遺《のこ》し――鬼となりました」

五色浜の姫は自害したあと、鬼としてこの地に留まっていた。鬼は神気を操る存在だが、怨念が強すぎると瘴気を発し、人々に害を撒く存在となることもある。

「鬼は瘴気を発する存在ではありますが、たいていは理性と人格があるものです……このように見境なく害を為すとは思えませんわ」

「はい。わたしもそう思います」

天照の言葉を肯定して、九十九は前に歩み出た。

「わたくしたちには理解できない思考ですが、稀にこのような足掻《あが》きを行う愚者は存在します——名を失い、死にかけた神が再び畏怖を取り戻そうなどと」

神に与えられる「死」は、人間のそれとは概念が違う。

「堕神、ですね」

すべての信仰を失い、名前を忘れられた存在——堕神となったとき、その死が決定する。堕神は神気を徐々に失い、ただ消えていくだけの存在だ。多くは消滅を受け入れて逝《ゆ》く。人々が神への信仰を捨てはじめた日本では珍しい現象ではない。

されど、稀に抗うものがいた。

この堕神は白い蟹の姿を借りて五色浜の鬼を誘い、消えかけた自己の中へと取り込もうとしている。既存の伝承に乗ることで、自らを延命しようとしているのだ。

もうすぐ五色浜も海水浴場の海開きだ。人々が海へ入る時期に濃い瘴気を撒けば、なにが起こるか。

海は死者の国へ続いており、お盆には魂が還ってくる。海から還りついた魂が強い瘴気に当てられれば、悪霊と成り果てるだろう。それだけではない。海には様々な妖も棲んでおり、少なからず影響を受ける。

「……そんなこと、させません」

「流石は稲荷神の愛し巫女。ちゃんと見抜いていてくれて安心しました。ただの甘いお菓子では、飽きてしまいます」

「それは、ありがとうございます……天照様、二つ聞いても大丈夫ですか？」

「はい？」

草薙剣をふるって瘴気を祓う天照に、九十九は問う。

「あの堕神は、このまま放っておけば消滅するんですよね？」

「ええ、そうですわ。随分と追い詰められた結果の愚行だったのでしょうね。このまま鬼を取り込まず分離させた場合、数時間持つかどうか。まだ不完全ですから、鬼と切り離すことは可能でしょう。つまり、切り離すことができたならば、放っておいても問題ありません」

九十九は天照の述べた答えと、自分の予想が同じであることを確かめる。

「じゃあ、二つ目の質問です……あの堕神を――できますか？」

天照の耳元に唇を寄せて、誰にも聞かれないよう囁く。天照は驚きを隠せない様子で九十九を見あげたが、やがて、極上の蜜のような表情を浮かべた。

「そんなことをして意味などあるのかしら？　……でも、いいでしょう。あなたの望みを叶えましょう」

天照は言いながら、懐からなにかを取り出す。

青銅製の丸い鏡。天照が自分の姿を変化《へんげ》させるときに使っていたものだ。

光を反射する鏡面が輝き、一瞬、九十九の目が眩む。

「この鏡は、うつすもの。対象を映すばかりではありません。移すこともできるのです」

青銅の鏡をかざして、天照は歌うようにスラスラと言葉を紡ぐ。

「稲荷の巫女。あの堕神を神気で包むことはできますか？」

「……やってみます！」

「では、わたくしも助力しましょう」

まとわりつこうとする瘴気はすべて天照が祓う。少女の姿をした女神が舞うように草薙剣をふり、そのたびに幻想的な鈴の音が響いた。

天照の神気で周囲が清められていく。九十九は瘴気に呑まれることなく、目の前の標的に神気を集中させることができた。

ポケットの中に右手を入れる。

シロの髪の毛をおさめ、温かい神気を宿す肌守り。

今、九十九の隣で剣をふるうのは天照だが、肌守りの神気を解放させると、そこには確かに稲荷神白夜命の存在が感じられる。

「稲荷の巫女が伏して願い奉る　闇を照らし、邪を退ける退魔の盾よ　我が主上の命にて、我に力を与え給え」

紺色の肌守りが光り、薄いガラスのような膜が現れる。

「行って、おねがい！」

九十九は盾を前に押し出すように、両手を突き出した。薄い膜の盾は音もなく、けれど、九十九の命に従って白い蟹の姿をした堕神へと飛んでいった。

シロの神気を宿した盾に九十九の神気を込める。

薄い盾はベール状になびき、柔らかく自己の形を変質させていった。今まで、九十九はこの盾を面として使うことしかできなかったので、自分でも驚いてしまう。

天照の助力のお陰だろうか。それとも、九十九の神気がそうさせたのか。今は考えても答えは出ない。集中しなければ。

神気のベールが堕神を覆い、包み込んでいく。九十九の額に珠のような汗が浮かんで流れるが、拭う余裕などない。

「あ……！」

もう少し。

そう思った瞬間に、白い蟹が発する瘴気が濃くなっていく。黒い蛇のようにうねる瘴気は、やがて形となり——漆黒の髪の毛となる。

長い髪。蝶の模様が描かれた十二単《じゅうにひとえ》をまとった女性が一人、目の前に現れた。顔は般若《はんにゃ》の面で覆われており、表情はわからない。

「鬼……？」

白い蟹の発する瘴気が形作った者の気配は、鬼のそれであった。堕神が取り込もうとしている五色浜の鬼かもしれない。九十九には判断できなかったが、状況からそう思った。

鬼は幽霊かなにかのように砂浜の上を浮遊し、九十九たちのほうへ近づいてくる。その動きはまるで操り人形で、背筋が冷たくなる不気味さがあった。

「あれで攻撃でもするつもりかしら？　愚かしい。ちょうどいいので消滅していただきましょうか」

天照が草薙剣を掲げる。三種の神器を手にした太陽神の前では、鬼など藁草にも等しいだろう。そのまま一閃《いっせん》で薙《な》ぎ払おうとした。

「蝶姫……！」

天照が草薙剣をふり下ろそうとしたとき、何者かが九十九たちの前に飛び出した。

紺色のスカートに、首元が広めに開いた半袖ブラウス。赤いネクタイが風に踊る。九十九の学校の制服だった。

「天照様、待ってください！」

九十九は急いで天照の腕をつかんで止める。

天照は不服そうな表情を見せた。九十九が止めていなかったら、この女神は問答無用で鬼ごと目の前の人物を両断していただろう。

「小夜子ちゃん……？」

鬼から九十九たちを庇うように飛び出した人物——朝倉小夜子がふり返った。

ビンの底みたいな眼鏡の下には涙が浮かんでいた。必死に懇願するような表情に、九十九は息を呑む。

「蝶姫は私が……だから、おねがいします……」

蝶姫と呼んでいるのは、鬼のことだろうか？　たしかに、蝶の模様をあしらった十二単は美しく、その名前で呼ばれるのも不自然ではなかった。

「わかった！」

九十九は事情が飲み込めないまま、神気を集中させた。

神気のベールが再び堕神を包み込む。

九十九は最後の瞬間まで気を緩めずに、瞬きもせず、白い蟹を睨みつけた。頬を額の汗が伝って滴《したた》る。

「…………！」

堕神を完全に包み込んだ瞬間、神――とは思えない、けたたましい獣のような声が響き渡った。普段、お客様として接する神々の神聖さなど欠片もない。あるのは、消滅から逃れようと足掻くただの断末魔の叫びだった。

元々持っていたであろう神気は消え失せ、鬼の力を変換した瘴気のみが暴走している。

神は人を救う存在ではない。

人に試練を与え、時には理不尽に破壊し、厄災をふり撒くこともある。そして祟り、牙を剥く存在となることも。故に、神の中には人に害を為すことを躊躇《ちゅうちょ》しない者もいる。

それは人に対する神の思想が反映されていると言ってもいい。

でも、それでも――。

「いい檻です。稲荷の巫女」

天照が甘やかに笑い、草薙剣を下げた。代わりに、青銅製の鏡を両手で持ち直す。

「その身を移しましょう」

神気のベールに包まれ奇声をあげる堕神が、天照の持つ鏡に吸い寄せられていく。ベールの神気が大きく揺らいだが、九十九は臆さず歯を食いしばった。ここで堕神を放てば、また振り出しに戻ってしまう。

堕神の発していた瘴気が薄くなり、代わりに天照の清涼な神気で満たされていく。黒く塗りつぶされそうだった視界が明るく拓《ひら》けていった。

「終わりましたわ」

天照は青銅の鏡を持ったまま、変わらぬ笑顔を浮かべていた。

神気を操るのでやっとの九十九と違って涼しいものだ。普段は宿の部屋で引きこもって
アイドルの鑑賞をしているが、流石は日本神話の太陽神であると実感した。

「さて。用事は済みましたし……あとで草薙剣と一緒に、この八咫鏡《やたのかがみ》も宅配便で送ってくださる？」

「は、はあ……え、八咫鏡？　それ、八咫鏡なんですか⁉　しかも、やっぱり、宅配便で送るんですか？　いいんですか⁉」

「だって、わたくしが持って帰ると怒られてしまいますし」

「宅配便でも怒られます！」

「電話越しに怒られるのと、直接怒られるのとでは違うでしょう？　便利な世の中になったのです。活用しない手はございません。最近はスマートフォンで追跡もできるし、安心ですよ」

「いやいやいや、全然安心できませんから⁉」

八咫鏡も言わずと知れた三種の神器の一つだ。

それを宅配便で送れと言い渡され、九十九は目が回りそうだった。美術品や骨董品《こっとうひん》の移

送と言えば、厳重に梱包して細心の注意を払うものだ。

いいの？　宅配便で。三種の神器を宅配便で送って大丈夫なの⁉

あとで登季子に相談しようと思った。

「はい。約束ですからね」

天照は軽い口調で言いながら、八咫鏡をポンッと九十九に手渡した。九十九はそれを受け取ったあとで、先ほど天照に提示した「質問」の答えだと気づく。

まるでCDでも貸し借りするように渡されるが、九十九は手が震えて鏡を落としそうになる。青銅製のためか、思ったよりも重みがあった。

「いい運動になりましたわ。ずっとDVDばかり見ていて、そろそろ外で遊びたかった頃合いですので」

だったら、そろそろ八咫鏡を持って伊勢《いせ》神宮《じんぐう》に帰ればいいのに、と九十九は言い出せず。助けてもらったことには変わりないし、第一、彼女はお客様だ。

「さて、若女将。あの二人はどうします？」

天照が砂浜の上に蹲《うずくま》る二人を示した。

一人は能面を顔に張りつけ、表情の読めない鬼。

一人は九十九のクラスメイトである朝倉小夜子。

鬼は気を失っているのか、憔悴《しょうすい》しているのか、膝をついて小夜子に寄りかかっていた。

小夜子はそんな鬼を大切そうに抱きしめて、九十九のほうを見ている。

安心したような、しかし、申し訳なさそうな表情。

そういえば、彼女は最初から五色浜の異変を知っていたかのような口ぶりだった。

6

鬼は妖にあらず、神にもあらず。

されど、神気と瘴気を併せ持つ、神秘の存在。

「ということで、お客様を連れて帰りました」

「ということって、どういうわけだい？」

玄関先でシレッと言うと、着物姿の登季子が仁王立ちのまま、ため息をついた。

登季子は呆れたような、怒ったような表情のまま、うしろに立つお客様たちを見ていた。

勝手に外出した九十九を叱るつもりでいたのだろう。本当に鬼のような形相で待ち構えていた。そこへ、「お客様を連れて帰りました」などと言うものだから、どんな表情をすればいいのかわからなくなってしまったのかもしれない。

「お、お邪魔します……朝倉小夜子と申します」

九十九の学校と同じ制服を着た少女――小夜子がお辞儀した。

分厚い眼鏡の下で、愛想笑いしている。制服から覗く手足が細くて儚げで、頼りない見た目の女子高生。喋り方も余所余所しく、落ち着かない。

「巫女、かい？」

登季子が訝《いぶか》しげに問う。小夜子から微《かす》かな神気の気配を感じとったのだろう。同じクラスなのに、九十九はすぐに気づかなかったが、流石は登季子だ。

「いいえ。私は鬼使いです」

小夜子は俯きながら答える。

鬼使いは、鬼を使役する者だ。

使役と言っても従属させるわけではない。鬼と対話してその能力を借り、神気を制御する。人ではない者の力を借りて、不思議な力を行使するという点では、精霊の力によって術を使う西洋の精霊使いや魔法使いと似ている存在だ。

「と言っても、なにかできるほど力も強くないんですけど……私にできるのは、せいぜい鬼と話をすることくらいです……出来損ない、というやつです」

小夜子は寂しげな表情で言いながら、隣に立った鬼を見た。

「左様。妾《わらわ》はこの娘に一片の力も貸したことはない。貸したところで、どうにもならぬ。それほど、この娘の神気は弱い」

旅館の敷居を跨いでから、鬼が初めて口を開いた。

顔は般若の面によって隠れているが、なんとなく、微笑んでいるように感じられる。その様子から、彼女は人に害を為す、荒れ狂った鬼などではないと九十九にも理解できた。

小夜子の力は微弱なものだ。同じクラスなのに、九十九が彼女を「同業者」だと気がつかなかったのもうなずけるほどに。

力ではなく、本当に対話のみで小夜子が五色浜の鬼を鎮《しず》めているのだとわかった。

「あ、蝶姫……！」

小夜子の隣に立っていた鬼が崩れた。小夜子と九十九が慌てて鬼の身体を支える。般若の面に覆われていて表情はわからないが、苦しんでいる息遣いが聞こえてきた。神気も随分と疲弊している。

「お部屋に案内しても良いですか？」

九十九は女将である登季子を見あげた。

鬼は堕神に取り込まれる寸前の状態だった。かなりの神気を奪われ、憔悴している。湯築屋に招いて回復をはかる必要があった。

登季子は事態を把握して、「わかった。お客様をお通しして」と返す。

「それでは、わたくしはこの辺りで……新曲の振りつけを覚えなくてはなりませんので」

天照は何食わぬ顔で手をふり、自分の部屋へ帰っていった。

去り際に「あとで宅配便もよろしくおねがいしますね」とつけ足され、九十九は頭を抱える。果たして、三種の神器を宅配便で送っても大丈夫なのだろうか。

「じゃあ……お客様、こちらへどうぞ」

九十九は玄関へあがると、小夜子たちを旅館の中へと招き入れる。接客モードのスイッチが入っているのを自分でも感じた。


お客様を部屋に案内したあとで、着物に袖を通す。

天照が助力してくれたとはいえ、病みあがりにまた神気を使ってしまったためか、身体が少しダルい。登季子は休んでいろと口煩いが、小夜子たちは九十九が招いたお客様だ。自分で接客するのが筋だろうと、九十九は気合を入れる。

「九十九」

ふり返ると、身にまとった浅黄色の着物が揺れた。

「シロ様」

九十九の背後に立ったシロは、いつも通り。

白い髪が肩から落ち、琥珀色の瞳が九十九を覗き込む。藤色の着流しも、濃紫《こむらさき》の羽織も変わりはない。狐の大きな尻尾がもふりと九十九の手をなでて、気持ちがいい。

「鬼使いか。なかなか興味深いな」

シロはいつもと変わらぬ様子で、小夜子たちを通した客室のほうを見ていた。

なにか言われるかと思ったが、本当にいつも通りだ。身構えていた九十九は拍子抜けした。

「五色浜のお姫様と、お知りあいなんですか?」

「近所だからな、それなりに。前に会ったときは、儂の色が気に入らぬと言って、罵《ののし》られたものだ」

「あー……シロ様、真っ白ですからね」

「アレがここへ来ることは、もうないと思うておったが……我が巫女は鬼を口説くのも上手いらしい」

「口説くというか、なんというか……わたしは、なにもしてないです」

「鬼も神も、気に入らぬ者など相手にせぬし、好意も拒む」

シロはポンと九十九の頭をひとなでする。

「まあ、よい。客をあまり待たせるなよ」

「……は、はい!」

九十九は慌てて我に返り、早足で前に出る。

深呼吸して、浅黄色の着物を整えた。背筋を伸ばすと、神気を使ったあとの気怠さなど吹き飛んでしまう。

「お待たせしました、お客様」

客室の襖を開け、九十九はていねいにお辞儀した。

正座する九十九のうしろで、シロも大人しく腰を落としている。

「あ、湯築さん……」

小夜子がおどおどとした仕草でふり返った。客室の真ん中に敷かれた布団には、小夜子が蝶姫と呼ぶ鬼が横になっている。

九十九のうしろにシロがいるせいか、小夜子は落ち着かない様子だった。力の弱い鬼使いとはいえ、シロが神様であることは小夜子にもわかったらしい。

「此度は――」

「いいの、私に言わせて」

鬼が言葉を発しようと、布団の中から身を起こすが、小夜子が制して首を横にふる。鬼は素直に黙り、小夜子をじっと見守った。

「このたびは……私の友達を助けてもらって、ありがとうございました」

小夜子は畳の上に正座しなおして、頭を下げる。接客慣れしている九十九に比べると所作がぎこちない。

「友達？」

思わず聞き返すと、小夜子はコクリとうなずいた。

緊張しているが、分厚い眼鏡の下の表情は真剣だ。

「私、こんな性格だから、あまり友達がいないんです……鬼が友達なんて、変、ですよね」

小夜子はもじもじと言い難そうに口を動かすが、なんとか言葉にしようとしているのが伝わってくる。

そんな彼女の肩を、隣に座った鬼が無言でなでていた。それは荒々しく哀しい伝承の残る鬼の仕草ではなく、まるで慈《いつく》しむ母のような優しさがあった。

「ううん。変じゃないよ……」

九十九は接客を忘れて、首を大きく横にふった。

「とても、素敵だと思う」

ごく自然に出てきた言葉に、自分でも驚いた。

鬼と友達なんて。と、普通はそう思うかもしれない。けれども、幼いころから湯築屋で育ち、たくさんのお客様に囲まれてきた九十九には、なんとなく理解できた。

彼らは人とは異なる存在だ。

でも、だからと言って、わかりあえないなんてことはない。

きっと、わかりあえる……わかりあいたい。

「蝶姫――あ、私がこの鬼のことを勝手にそう呼んでいるだけなんですけど……蝶姫は白い蟹をずっと探して五色浜を彷徨《さまよ》っている鬼で……人に危害を加えるとか、そんなことしたくないんです。なのに……」

堕神に利用されて、瘴気を発してしまった。

怨念の対象である白い蟹が現れたことで、鬼は正気を保っていられなかったのだろう。不本意に暴走する力を制御できず、苦しかったのだと小夜子は語った。

「堕神なんて、私にはどうにもできなくて……」

「それで、我が巫女を焚《た》きつけたということか」

黙していたシロが初めて口を挟んだ。

小夜子は萎縮《いしゅく》して、おどおどとした態度を更に小さくしていく。今思えば、最初に九十九が五色浜へ行くことになったのは、小夜子の発言が発端だった。

「シロ様、そんな言い方しなくても」

「事実であろう？　九十九は利用されたのだ」

「シロ様ってば」

シロがはっきりと言い切るので、小夜子はシュンと項垂《うなだ》れる。

九十九は無言でシロを睨み、大きな尻尾を思いっきり引っ張ってやった。シロは少し腰を浮かせて、「やめてくれ」と目で訴える。

「……ごめんなさい。クラスで、ずっと気になっていて。私よりもずっと力の強い人だから……」

「わ、わたしのことは気にしなくていいの！」

たぶん、口振りからしてシロは怒っているけれど。

「此度は、此方《こちら》の都合で巫女を巻き込んで申し訳なかった。妾からも謝罪しよう」

小夜子の説明が一通り終わるのを待ったところで、鬼が口を開く。

凛《りん》としており、澄んだ水を思わせる声だ。心根も綺麗なのだろうと、九十九は勝手に想像した。

「謝罪は結構。小夜子の「蝶姫」という呼び方は彼女に似合っていると九十九は感じる。

儂から言うことはない……この宿に引いた湯は神気を癒す。今は客人として休まれよ。存分にもてなそう」

シロは、まるで用意していたかのようにスラスラと述べながら立ちあがる。

思ったよりも怒っていないのかもしれない。おそらく、最初からそう言って宿泊させるつもりだったのだろう。そもそも、小夜子たちが結界に入れるのも、シロが許したからだ。

退席するシロを追うように、九十九も立ちあがった。

「ありがとうございます！」

「恩に着る、稲荷神」

小夜子と蝶姫は二人で顔を見あわせ、笑顔を作る。その様子を見て、九十九は一瞬、足を止めてしまう。この二人は本当に「友達」なのだと、それだけで納得した。

理解しあっている。

お互いを大切に想っている。

そんな気がする。

池に咲く蓮の花。

円い葉に溜まった水滴が滑り落ち、水面《みなも》に波紋を作った。

「シロ様は、怒っていると思ってました」

客室を出て、九十九はシロに問いかけた。シロは立ち止まり、九十九のほうへ向き直る。

「愚問だ、儂は怒っているとも。我が巫女が危険に晒されたのだ」

あ、やっぱり怒ってたんだ。九十九は苦笑いする。

「でも……助けてくれて、ありがとうございました。あと、わたしのために結界の外へ出向かせてしまって、すみません」

九十九は言葉を選びながらシロを見あげた。

しかし、シロは九十九を見下ろして気まずそうに視線を逸らした。その様が不自然に思えてしまう。

わたし、なにか不味いことを言ったのかな？

「あの猫はただの使い魔だ。一時的に神気を浄化して時間を稼いだに過ぎぬ。儂自身は結界の外へなど出ておらぬ」

「いや、それは知ってます……そっちじゃなくて、堕神からわたしと京を守って湯築屋に連れて帰ってくれましたよね……あれって、シロ様だったんでしょう?」

あのとき、誰かが湯築屋へ九十九たちを連れ帰ってくれた。その正体は、はっきりしなかったが、九十九はシロだったと思っている。

それなのに、シロの表情は曇っていた。何故だかわからない。わからないが、これ以上はなにも言いたくない。そう言っているように感じられた。

「そのようなことよりも、だ」

シロは不機嫌そうに腕組みし、顔をズイと九十九へと近づける。

あからさまに話を逸らそうとしているとわかっていても、空気に呑まれてしまう。こういうところは、本当にシロのずるいところであった。

「あ、あの、シロ様?」

「隠しているものを出せ」

シロは不機嫌そうに九十九の前に手を出す。

「う……ごめんなさい」

シロに迫られて、九十九は観念した。

できれば隠し通したかったが、仕方がない。渋々と、「……こっちです」と浴場のある方向を指さす。

不機嫌なシロを連れて九十九は旅館の廊下を歩く。接客をしているときは気にならないが、案外、湯築屋は広い。長い廊下を歩くのは胃が痛かった。

「すみません……」

九十九は気まずく思いながら脱衣場を示す。

一応、女湯なのだがシロは関係ないとばかりに無言で暖簾を潜っていった。九十九は慌てて中を確認するが、幸いにしてお客様は誰もいない。

「どういうつもりか聞かせてもらおうか」

シロは無表情のままだった。最初から怒っていたが、それは小夜子や蝶姫に対してだけではないようだ。

こうなったら、腹をくくるしかない。

九十九は大きく息を吸って、シロをまっすぐに見あげる。

「はい」

九十九は脱衣場の隅に置いていた自分のカバンを開けた。

中から出てきたのは、青銅の鏡——天照から預かった八咫鏡である。

「連れて帰りました」

「九十九、自分がなにを言っているのか、わかっておるのか？」

九十九の言葉にシロは低い声で問う。

「もちろんです」

九十九は怯むことなく即答した。

内心では怖い。シロを怒らせてまでやるべきことなのかと疑問にも思う。

それでも、九十九はやると決めたのだ。

「天照様に頼んで五色浜の堕神を八咫鏡に移していただきました。この方は湯築屋のお客様です」

はっきりと述べて、九十九は八咫鏡を抱きしめる。冷たい青銅の鏡からは微弱な瘴気が漏れ出ていた。

「この方は、お客様です」

もう一度言うが、シロは理解できないと言いたげに九十九を見下ろしている。

「それは放っておけば消える亡霊のようなものだ。客ではない」

「わたしには、そうは思えません……たとえ名前を忘れられても、この方は神様です。わたしたちのお客様です」

どんな神でも、神だ。

信仰を失って名前を忘れられてしまったのは、むしろ、九十九たち人の問題だと思っている。今まで土地と人に恩恵を与え続けた神様を、堕神と蔑むことなど九十九にはできなかった。どんな形となっても、神様であると信じている。

「おもてなしをさせてください」

九十九は八咫鏡を抱いたまま深く頭を下げる。シロはこの旅館のオーナーであり神様だが、こんな風に頭を下げたことなどあまりなかった。シロも琥珀色の目を見開いている。

「巫女の望みを、儂は拒まぬ」

シロは九十九の言葉を理解しがたいようだった。それでも、深く下げられた九十九の頭にポンと手を置く。

「ありがとうございます」

九十九は顔をあげながら笑顔を作った。

八咫鏡を抱いたまま、従業員用に用意された下駄を履く。カラコロと音を立てながら、九十九はゆっくりと湯船に向かって歩いた。

湯の上には咲くはずのない蓮の花が浮いている。幻影の甘い香りを吸いながら、九十九は露天風呂の縁に腰かけた。

八咫鏡がボウッと光り、湯気のあがる水面に模様を浮かびあがらせる——否、模様のように見えるが、それは白い蟹だった。

鬼を取り込むことができず、神気も瘴気もほとんど失った堕神の姿だ。

道後の湯には神気を癒す効果があるが、名前を忘れられて消えかけの神が力を取り戻すほどではない。ましてや、ここまで力を失った状態では手遅れと言ってもいい。

それでも、

「あ……」

せめて、消える瞬間は安らかに。

「…………」

湯船の中で堕神の姿がゆっくりと消滅する。

言葉はない。

ただただ、静かに。存在が失われていく。

「九十九」

シロに声をかけられて、九十九は初めて自分が泣いていることに気がついた。

あれ、なんでだろう？

悲しいわけではない。

ああ、そっか……悔しいのか。そう気づいて歯を食いしばる。きっと、自分にはこんなことくらいしかできないのが悔しいのだ。

このお客様と関わったのは、ほんの一時。しかも、九十九自身や友人が襲われた。言葉を交わしたわけでもない。

それでも、九十九はこのお客様を救えないことが悔しいのだと思う。

たぶん、それは九十九が神々《かれら》を好きだから。

個性的で扱いに困る神や、無理難題を押しつける神、気まぐれであったり、理解できなかったり……湯築屋には、いろんな神様が訪れる。幼いころからそばに神様がいて、当たり前のように過ごしてきた。

恐らく、これは神が人に求める信仰や畏怖とは違う感情。

九十九は人と等しいものとして、神を見ているのだと思う。

人の尺度を神に対して持ち込みすぎるのはよくないと、シロは言うだろう。けれども、分けて考えることなどできない。

「九十九が背負うことでもなかろうに」

シロの指が九十九の頬に触れる。大粒の涙の雫が長い指にすくいとられた。

「シロ様には、わかんなくていいです……どうせ、わたしの自己満足ですし」

「嗚呼、わからぬよ」

シロはアッサリと述べる。

「湯築の巫女を何人も娶ってきて、それなりに人に対する理解も深まった気でいたが……九十九の考えていることは、儂には難しい」

それは突き放すような響きを持ちながらも、懸命に九十九の心理を読みとろうとしているようにも思えた。

わかりあえない。

シロは九十九の気持ちが理解できない。天照などほかの神でも同じことを言うだろう。

神様と人。理解できないのは当然のことだ。
なのに、今の九十九には——なんだか厚い壁のように思われた。

秋．人と神の在り方とは

1

出来損ない。

おちこぼれ。

役立たず。

お前なんて、生まれてこなければよかったのに。お前なんて！　お前なんて！　お前なんて。お前なんて、お前なんて——私なんて、私なんて、私なんて！

だって、私は役立たずだから。誰も必要としない。誰も心配しない。いなくなっても、かまわない。

「娘よ」

ザッ、と音がする。

うしろで、誰かが砂を踏みしめたのだと気づいた。

「此処で、なにをしておる？」

ザザ……ザザ……。

波音が遠くなり、近くなり。浜を奏でて流れていく。

目の前に現れたのは、世にも麗しい美姫であった。

真夜中であるにもかかわらず、ほんのりと光って見えるのは着物のせいだろう。蝶の模様が煌《きら》びやかだ。十二単というものか。歴史の教科書で見た意匠の着物であった。

ただ、顔だけは見ることが敵《かな》わない。

能に使用する般若の面を被っており、表情もわからなかった。

それでも、娘はその姫が美しいと感じてしまう。

「私……」

ゆっくりと口を開き、両掌に乗ったものを見せた。

「——を、見つけました」

波音に言葉が打ち消される。

だが、姫は娘の言葉を聞きとったのか、能面の下で笑った気がした。されど、それは凍りつくような威圧感と怒気をまとった笑みであった。

「ほう?」

今更、娘は尻込みしたのか、喉をゴクリと鳴らす。それでも、全身に汗を浮かべながら姫のことを懸命に見あげていた。

「どういう意味か、わからぬわけではなさそうじゃの」

姫は低い声で念を押す。それでも、娘は動かなかった。

どれほど永いかわからない、しかし、時間は一瞬で過ぎ去っていく。実際の時間がどれほどのものか、娘にも姫にもわからなかった。

黙したまま、お互いに見つめあっている。

「そうか」

沈黙のあと、姫は静かに言い、そのまま娘のかたわらに蹲った。

寂しい。

否、哀しげな。

儚さを漂わせる横顔を見て、娘は視線を砂浜に移した。

「妾は、其れを探しておったのじゃ」

ザザ……ザザ……。

波音に、砂が浚《さら》われる。

真っ赤な蟹が、岩間を通り過ぎた。

2

広い池とコスモス畑が広がる庭園。

木の枝は紅葉で彩られている。

稲荷神白夜命が創り出した結界の幻影は四季によって変化するが、気候は常に一定であった。灼熱《しゃくねつ》の太陽が照りつける暑い夏も、息の凍る寒い冬も。湿度、気温ともに変化がない。その様を「外界から切り離された温室」と呼ぶお客様もいた。

しかしながら、結界の外では通常通りに四季が入れ替わる。

「ただいま……うう。寒かったぁ」

暑い夏が終わり、秋が深まると、冬はもうすぐそこと言わんばかりに寒くなっていった。衣替えシーズンに乗り遅れると、寒空の下を薄着で歩くという事態に陥ってしまう。

「いつも家出るまで、着ていく服が決まらないのも困りものよねぇ」

九十九は制服の合服《あいふく》を揺らしながら、湯築屋の玄関へと駆け込む。薄手のブラウスに紺色のベストという格好では、今日は寒すぎた。上着も着ていくべきだったと反省する。実際、クラスメイトの大半は上着で登校していた。

湯築屋の結界の中は気温が一定だ。そのため、外へ出るまでは、どのくらい寒いのかわからないのだ。一応、天気予報は参考にするが、風や陽射しの関係で体感温度には差が出る。

四季の花は咲き乱れているというのに、季節の感覚が薄い。幻影はシロの気分で変わるので、たまに忘れているのか夏の半ばまで桜が咲いている、なんてこともあったりする。

「おかえりなさいませっ。若女将！」

コマがちょこんと廊下の角から顔を出して迎えてくれる。

二足歩行の子狐はモフモフの尻尾を揺らしながら飛び跳ねた。恐らく、本人には跳ねたつもりはなく、ただ急いで九十九のほうへ駆け寄っただけだろう。

「例のお客様がまた来ていますよ。五色の間です」

「うん。ありがとう」

コマに奥の客室を指し示されて、九十九は快くうなずいた。

若女将の着物へ着替える前に、九十九は軽い足どりでお客様のいる「五色の間」へと向かう。部屋で足湯が楽しめる一階の客室だ。そこには、今、長期療養中のお客様が宿泊している。

「小夜子ちゃん、ただいま！」

五色の間をバタンッと開けながら、九十九は元気よく発声した。

すると、五色の間に座っていた少女がビクンッと肩を震わせる。九十九と同じ学校の制服に身を包んだ少女は、ビン底のような眼鏡の下で気まずそうな表情を浮かべていた。

「ゆ、湯築さんっ……おかえ、りなさ……いいえ、お邪魔していますっ」

小夜子は反射的に「おかえりなさい」と言いかけて、言葉を改める。畳の上で崩していた足も、ぎこちなく正座に組み替えた。

九十九はあからさまにブスッと頬を膨らませる。

「敬語はやめてって言ってるのに……あと、どうせ湯築屋に来るなら、声かけてくれたら一緒に帰るよ？　なんで一人で帰っちゃったの？」

「ご、ごめんなさい。湯築さん、委員会で忙しそうだったから、つい……」

小夜子は身体を小さくしながらスカートのヒダを指でいじりはじめる。

「もう」

九十九は大袈裟に腕を組んでみせた。

「しょうがないなぁ」

おもむろに持っていた紙袋を探り、

「はい！」

小夜子の目の前に茶色の紙コップを差し出した。中からじわりと温かい飲み物の熱が伝わってくる。

小夜子は紙コップをまじまじと見つめた。

「ホットチョコレートだよ。今日は少し寒かったから、帰りに寄ったの。蝶姫様もよろしければ、どうぞ」

最近お気に入りのチョコレート専門店で売っているホットチョコレートだった。道後の一角にある小さな店だが、四国初のカカオからチョコレートを作るBean to Barの専門店である。高校生のお財布には少々痛いが、この甘みと苦みを兼ね備えた味わいが疲れた身体を癒すのだ。

「では、妾もいただくとしよう」

戸惑っている小夜子を横に、蝶姫——五色浜に棲む鬼の姫は両手で九十九から紙コップを受け取っていた。能面の下の表情は見えないが、たぶん、笑ってくれていると思う。

蝶姫は五色浜に棲む鬼だ。

今年の夏、白い蟹の姿をした堕神に取り込まれそうになり、多くの神気を失ってしまった。そのため、ここ湯築屋で湯治しているのである。

道後の湯は神気を癒すと言っても効能は微々たるものだ。何故かシロだけは相性がいいのか、湯につかるだけで明らかに神気を回復させるが、ほかの神や妖は時間をかけて癒していく。故に、湯治目的のお客様は長期滞在となることが多かった。

蝶姫の神気は少しずつ回復しつつある。そして、小夜子は毎日のように蝶姫を見舞いに湯築屋にやってきていた。

「じゃあ、わ、私も……」

蝶姫がホットチョコレートを受け取ったことで、小夜子もようやく両手を出した。九十九は満足げに、小夜子の隣に座る。

「美味しいでしょ？」

紙コップに満たされたチョコレートに口をつける。

程よい甘さと苦みの調和と、芳醇なコクが舌の上に広がっていく。ホットチョコレートとしてココアを提供する店は多いが、これは正真正銘のチョコレートであると感じられる。甘い。でも、甘すぎない。濃厚でありながら、ねっとりと舌にまとわりつく嫌な後味は一切なかった。

「あ……美味しい」

小夜子も思わず漏らして、口角を少しあげた。

「小夜子ちゃん、笑うと可愛いよね」

「え⁉」

唐突に言われて、小夜子は困惑したようだ。両手で覆うが、指の間から真っ赤に染まった頬が見えている。

「いつも笑っていればいいのに。ここでバイトする？」

「それはよい考えじゃ」

九十九が軽い気持ちで言うと、蝶姫も賛同してくれた。

正直なところ、湯築屋はシロの許可さえあれば神気がなくても働くことができるが、接客業として特殊すぎるため安易に働き手を募集できない。たくさんのお客様が押し寄せて満室になることは少ないが、それでも人手不足は否めなかった。

「小夜子ちゃんは鬼のお客様と対話できるのが、すごくポイント高いよ。湯築屋のお客様は神様が多いけど、妖や鬼もたくさん来るの。鬼使いの小夜子ちゃんはきっとお客様から気に入ってもらえるよ」

「え、私……接客なんて、無理です。鬼使いなんて言っても、すごく弱いし。役立たずで……おちこぼれで……なんの意味もない」

「そんなことないよ。うちの従業員、お母さんとシロ様除くと五人しかいないの。料理長のお父さんとか、仲居頭の碧さんは全然神気使えないから安心して！」

「え、でも……」

小夜子は他人行儀に俯きながら首を横にふる。

「私なんか、無理です……」

小夜子は弱々しく呟きながらホットチョコレートを眺めている。

その背中があまりに寂しくて、悲しそうに見えた。九十九はつい自然に手を伸ばして、小夜子の肩に触れてしまう。

その瞬間、小夜子は九十九の手を払いのけた。

「あ、の……ごめんなさい」

小夜子は自分でも驚いているようで、石像のように動きを止める。

「ごめんなさい！」

小夜子は早口で告げると、自分のカバンを乱暴につかんで立ちあがる。

九十九は呆然としてしまい、小夜子を引き留めることができなかった。

「赦せ。稲荷の巫女よ……アレは不器用な娘じゃからの」

小夜子が去っていった方向を眺めていると、蝶姫が弁明、いや、説明した。

「鬼使いの家系に於いて、鬼を使役できぬ者がどのような扱いを受けてきたか」

蝶姫に言われて、九十九は初めて自分の失言に気がついた。

小夜子の鬼使いとしての力は弱い。神気はまったく操れないし、鬼を使役することもできない。九十九は生まれつき湯築の巫女に選ばれるほど強い神気を持っていたが、小夜子はそうではないのだ。

「……申し訳ありません」

「よい。胸を張れぬ彼《あ》の娘が一番悪いのじゃ」

蝶姫は嘆息しながら首を横にふった。

「一つ聞きたいんですけど」

九十九はおもむろに口を開く。

以前、シロは蝶姫のことを「御せぬ鬼」と評していた。夏からお客様として湯治目的で連泊しているので、今なら九十九もなんとなくその意味がわかる。蝶姫は人を傷つけるような鬼ではないが、気難しい一面があり、他者との関係を持ちたがらない。それは九十九たち湯築屋の人間に対しても同じで、一線を引いているように思えた。

「どうして、蝶姫様は小夜子ちゃんと一緒にいるんですか？」

純粋な疑問だった。

何故、蝶姫は小夜子に肩入れしているのだろう。

「アレは妾の餌じゃ」

「えさ？」

意外な答えだった。

「彼の娘は自分から、妾に喰われようとしたのじゃ」

蝶姫は能面で覆った顔で、外を眺めた。大きな紅葉の枝から、真っ赤な葉がひらりひらと舞っている。

「可笑《おか》しな話じゃろう？　鬼使いが鬼に喰われようとするなぞ」

蝶姫は般若の能面の下でククッと小さく笑声を転がすが、九十九には、なにがおかしいのかわからなかった。

蝶姫はおもむろに立ちあがり、ゆっくりと部屋の外へと歩いていく。九十九はつられるようにあとをついていくが、咎《とが》められることはなかった。

「あれはいつの話だったか。妾はいつものように浜を彷徨うておった。そうしたら、彼の娘が独りで浜に蹲っておってな……なにをしておるのか、問うてやったのじゃ」

九十九は黙って蝶姫の話を聞いた。

蝶姫は懐かしむよう、噛みしめるよう、言葉を一つひとつ発していく。

「娘は言った。妾に堂々と、白い蟹を見つけたのじゃと……赤い蟹を白い絵具で塗ってな。一目で、妾に喰われるためにやっているのだと理解した」

蝶姫が鬼となった経緯は五色浜の伝承の通りだ。蝶姫は白い蟹を探して亡霊のように、今も五色浜を彷徨う鬼である。白い蟹を見つけたと偽った妹姫たちを刺し殺したとも言われていた。

その鬼に向かって赤い蟹を白く塗装《とそう》し、「白い蟹を見つけた」と、小夜子は述べたのだ。

「一瞬、本当に喰ってやろうかと思った」

風もないのに、紅葉が舞う。

紅い葉は蝶が誘われるかのように、鬼の肩へと乗った。蝶姫は肩に乗った紅葉を指でつまみ、くるりと回す。

「だが、やめた」

渡り廊下の先を見て、蝶姫は足を止める。

見ると、制服姿の小夜子が池を眺めて座り込んでいた。てっきり帰宅したものだと思っていたが、そうではないらしい。蝶姫はわかっていたようだ。

「喰われたがっている輩を素直に喰ってやるほど、妾は優しくない……美味い娘に育つまで、待っておる。だから、アレは妾の餌じゃ」

フッと蝶姫の神気が優しく揺らぐ。怒りの形相を浮かべているはずの般若の面が柔らかく見えたのは、気のせいではないはずだ。

「家にも帰らずなにをしておる？」

まるで幼子をあやすように優しい口調。小さく丸まっている小夜子の背に、蝶姫が触れた。

「蝶姫……湯築さん……迷惑かけて、ごめんなさい」

小夜子は泣いていたのか、赤い目で二人を見あげた。

九十九は笑顔を作って、小夜子の隣に座る。

「言いたいことは、ちゃんと言ったほうがいいよ。ううん、言ってほしい」

九十九が言った瞬間、小夜子は目を見開いた。蝶姫もうなずいている。

小夜子は庭の池に落ちる紅葉に視線を移したが、やがて、抱えた膝に顔をうずめた。

「本当は、嬉しかったの」

声は震え、語尾がかすれている。

「私、嬉しかったんです……こんな鬼使いなのに、雇ってくれるなんて言ってもらえて……でも、不安で。私、おちこぼれだから」

蝶姫が髪をそっとなでると、小夜子は落ち着いたのか視線をあげた。

「小夜子ちゃんなら、大丈夫だよ。だって――」

だって、こんなに鬼と心を通わせているんだもん。

そう言おうとしたはずなのに、何故か九十九は続きを言えずにいた。互いに顔を見つめ、理解しあっている二人を見ているのが、だんだん苦しくなってくる。

でも、それがどうしてなのか、これがどんな感情なのか、すぐに答えが出てこない。

「湯築さん」

九十九はハッと我に返る。

「私でよかったら……ここで働いても、いいですか？」

決意の込められた言葉であった。

「もちろん！　ようこそ、湯築屋へ！」

小夜子の決意に応えるよう、九十九は手を差し伸べた。小夜子はしばらく九十九を見つめていたが、やがて、恐る恐る自分の手を重ねる。

ちょこんと重ねられただけの掌。

九十九は離さないよう、しっかりと握りしめた。

「じゃあ、これからはお客様じゃなくて、友達だね」

「え、え？　湯築さん⁉」

九十九は困惑する小夜子の手を自分のほうへ引き寄せた。

「うちは親族中心の経営だから湯築さんじゃ誰のことかわかんないよ。九十九って呼んで」

「え、え……でも、湯築さんは若女将で……」

「つ・く・も！　敬語もやめて」

強引に押し切りながら満面の笑みを作る。小夜子は強要されたと思ったのか、ぎこちない笑顔で返した。

「……九十九ちゃん、ありがとう」

ぎこちなかった笑みが徐々に、花のように開いていく。

きっと、般若の面の下で蝶姫も笑っているだろう。九十九にも、なんとなくわかった。

「ふむ。新しい従業員の募集をした覚えはないが」

九十九と小夜子が手を取って笑いあう横から声が割って入る。小夜子はギョッと目を剥いていたが、九十九は慣れた態度でふり返る。そろそろ出てくると思っていた。

「シロ様、ちょうどよかったのでご紹介します。新しいアルバイトの朝倉小夜子さんです。

履歴書はもらい忘れましたが、面接は今終わったところです。小夜子ちゃん、こちらは一応、うちのオーナーの稲荷神白夜命様。シロ様って呼んでください」

九十九がスラスラと述べると、小夜子が慌てて「よ、よろしくおねがいします！」と頭を下げた。

どうせ、また最初から覗き見されていたのだろう。いつもシロは九十九のそばに唐突に現れるが、だいたいずっとそばで見ていることのほうが多い。

「採用でいいですか？」

「我が巫女が選んだ者を不採用にはせぬ」

シロは二つ返事で承諾する。九十九も最初からシロが「否」とは言わないと思っていた。シロはいつも九十九がやりたいようにさせてくれる。

いつだってそうだった。

「では、稲荷神。此の娘を頼んだ」

蝶姫の言葉にシロは「相分《あいわ》かった」と返答する。

「では、明日から励めよ。鬼の巫女」

シロは言いながら、当然のように九十九の肩を自分のほうに抱き寄せる。蝶姫は無反応だったが、小夜子は目のやり場に困った様子だった。

「シロ様ってば。人前でやめてください。暑苦しいです！」

「従業員になるのだから、よいではないか？」

「蝶姫様はお客様ですし！」

また変な理屈でベタベタと。

九十九はいつも通り、雑に対応してしまう。シロだってほかのお客様と同じ神様のはずなのに、幼いころからこの調子のせいか、日常の光景と化してしまった。

「九十九ちゃん」

二人の様子を見てか、小夜子がプッと吹き出した。

作り笑いではなく、自然に出た笑みは小さな花のような可憐さがあった。

「とっても楽しそうだね」

楽しい？　これ、楽しいの？

九十九がげんなりしながら見あげると、案の定、シロは「否、儂はもっと楽しいことをしたいぞ！」と尻尾をブンブンとふり回していた。シロのほうは楽しいらしい。

「それでは、儂も巫女と楽しむとしよう」

「理屈がわからないです。ってゆーか、放してください！」

九十九の抗議も聞かず、シロは肩を抱いたまま廊下を歩く。シロに引きずられるような格好で、九十九はその場をあとにした。

遠目に見ると、蝶姫が小夜子の頭をなでてなにか言っていた。小夜子は嬉しそうに、分厚い眼鏡の下で笑っている。

「シロ様……ありがとうございました」

廊下の角を曲がり、誰もいなくなる。

ただ庭の紅葉が舞い、コスモスの香りが漂っていた。

「よい。従業員が増えると儂も楽ができる」

「そもそも、シロ様あんまり仕事しませんよね？」

指摘してやるが、シロは狐の耳を塞いで聞こえないふりをしていた。あからさますぎる。

「でも、シロ様。本当にありがとうございます。甘えてばかりで申し訳ありません」

九十九は改めてシロへ向き直って、ていねいにお辞儀をした。

「よい。頭をあげよ。甘えるなどと……巫女がそのようなことを考える必要はない」

改まる九十九を前に、シロは少し困惑しているようだった。

「わたし、いつもシロ様に甘えています」

シロはいつだって、九十九を甘えさせてくれる。九十九の好きなように行動させてくれた。

「わたし、巫女らしいことなんて、なにもしてないのに……シロ様に迷惑かけてばかりなんです。五色浜でも、結界の外まで――」

「九十九、その話はやめぬか？」

ゆっくりと紡いでいった九十九の言葉をシロが遮断した。いつもよりも、強い語調だと気づいて、九十九は思わず口を閉ざした。

「あのときの話は、やめよ。アレは儂ではない」

どうして？　九十九はシロを見あげたが、なにも答えてくれそうにない。

やはり、五色浜で堕神から九十九と京を助けてくれたのはシロだと思う。

なんとなくわかるのだ。神気や見た目が違っていたような気もしたが、腕に抱えられたときの感覚は変わらない。シロ以外にはありえないと、本能的に感じ取っていた。

「そんなはずないです。シロ様でしたよね。なに格好つけてるんですか？　珍しいですね。いつもなら、ふんぞり返ってキスとかいろいろ要求してきますよね」

「違う。儂では、ない」

どうして？　シロは歯切れ悪く否定しながら、九十九と目をあわそうとしなかった。

「儂では……ないのだ」

「でも、じゃあ誰が……？」

「それは」

シロが拳を握りしめたまま押し黙る。

沈黙。

九十九はなんとなく、それ以上、追及してはいけない気がした。

「なんで……なんで、隠すんですか?」

聞いてはいけない。

そう感じながらも、九十九は答えを求めてしまった。

言ってしまったあとに後悔したが、遅い。

「わたし……小夜子ちゃんが羨ましかったんです」

羨ましいと思った。

小夜子と蝶姫を見て、九十九は素直にそう思ってしまった。

「人以外の存在とも、あんな風にわかりあえてて……わたし、羨ましいって思いました。シロ様のこと、わかりたい。わたしのこと、わかってほしいって」

独善的で汚い感情だと思った。

きっと、一番理解していないのは九十九だ。

神と人は、そのあり方が違う。九十九が望むようにわかりあうことなど、できないのかもしれない。小夜子たちが友としていられるのは、蝶姫が元は人だからだ。根本的に成り立ちが神様のシロとは違う。

自分の尺度でしか物事を見られていない。

わかりあいたいはずなのに。

わかってる。

わかってるよ。

でも――。

「なにを隠しているのか知りませんけど……わたし、シロ様のこと信じられないです」

「九十九」

「わたし、最低ですね。きっと、巫女に向いていないんです」

わかりあいたいと言いながら、相手のことを想っていないのは九十九のほうではないか。

きっと、隠しているのには理由がある。

でも、シロのことを信じて待っていられない。

「ごめんなさい。忘れてください」

顔を隠すように、九十九はシロに背を向ける。

そのまま逃げてしまおうと、磨き抜かれた廊下を走った。

「――――ッ！」

それは、予想外のことで。

九十九の身体は思いがけず、動きを止めた。

うしろから強い力で抱きしめる腕に捕らえられて、それ以上前へ進めない。

「…………」

「…………」

痛い。ギリッと腕の骨が軋《きし》むくらい、痛い。

涙も出そうだった。痛いからではない。

シロの腕はいつだって温かい。九十九を包むような神気が心地よくて、つい甘えたくなる。甘えてもいいと思える。

たぶん、夫や恋人の温かさとは違う。

きっと、それは九十九がシロとの距離を感じる要因の一つで——シロにとっては当たり前の温かさ。

どんなに近くにいたって、シロは神様だから。

でも、今は違う……変。

いつもと、違う？

「すまぬ」

戸惑ったまま拒めずにいた九十九が声を発するより先に、シロが言った。締めあげるように抱きしめられていた腕からスッと力が抜け、身体が自由になる。

闇の中へ独り放り出されたような感覚に陥りながら、九十九はゆっくり視線をあげた。

「つい」

九十九が顔を見る前に、シロは踵《きびす》を返した。

今度はシロのほうが九十九から逃げようとしている。そう悟って、手を伸ばした。

「九十九が儂から離れるのが……嫌だっただけだ。気にするな。すまぬ」

濃紫の羽織に手をかける。

だが、宙をつかむような感覚と共に、シロの姿が消えてしまう。

手に残るのはシロの温かみを宿したままの羽織だけ。

「……気にするなって」

羽織は綿毛のように軽く、重量をまるで感じさせない。

「離れるのが嫌とか、気にするようなこと言って消えないでよ……」

いつもは平気なのに。

何故だか最後のセリフが気になって、九十九は顔面が赤く染まるのを感じる。それを隠すようにシロの羽織で顔を覆うと、ほのかな油揚げの香りが鼻孔をくすぐった。

冬．祭りと宴は神の供物

1

カランコロン。

広すぎず、狭くはない。

滑らかな曲線に削られていながら、重厚な色合いの御影石《みかげいし》に囲まれた浴槽。四十三度に保たれた源泉かけ流しの湯はトロリと肌にまとわりつくように身体を包み込んでいる。アルカリ性単純泉の湯質は「美肌の湯」として親しまれていた。

「なんもなくてつまらん温泉やけど、タダは正義やけんねぇ。ご先祖様に感謝よ。寒さで冷えた身体にしみるわぁ」

「なにもないってことはないでしょ、京……建物自体が重要文化財だし」

なんだかんだと気持ちよさそうな京に、九十九は冷ややかな視線を向けた。京は素知らぬ顔で肩まで湯につかり、嘆息する。

「ブクブクもないし、サウナや水風呂もないやん。歩く浴槽とか、岩盤浴とか、露天風呂とか、滝とか岩とか？」

「いい湯なんだから、充分でしょ？」

ここ道後温泉本館の浴場はいたってシンプルである。

道後温泉はあくまで「大衆浴場」であり、そのあり方が歴史を表している。

京が希望するスーパー銭湯のような設備は一切なく、シンプルな浴場と建物の見学コースを楽しむ「観光地」なのだ。ただの大衆浴場である性質のせいか、地元の若い女性には本館よりも周辺の温泉施設のほうが人気であった。

温泉自体の起源は古代に遡るが、この道後に温泉街ができたのは江戸時代。更に、道後温泉本館が今の形となったのは明治時代の話だ。当時の道後湯之町《どうごゆのまち》町長であった伊佐庭如矢《いさにわゆきや》が老朽化していた建物を大幅改修し、現在の近代和風建築の外観となった。

余談だが、結界の内側に存在する湯築屋の外観は、道後温泉本館のデザインをイメージしているようだ。当時の巫女が新設された道後温泉本館の写真をシロに見せたところ、一晩で宿の様相が変わっていたらしい。単純である。

ちなみに、観光客が誤解しがちだが三階建ての建物に宿泊設備はない。二階と三階に用意されているのは、いわゆる休憩所なのである。追加料金を支払えば誰でも利用でき、お茶や菓子の接待を受けられる。九十九は三階個室の風情が結構気に入っていた。

「言いたいことはわかるんだけど、本館はそういうところじゃないし？」

「わかっとるよぉ？　まあ、タダだし」

明治の大改修の際、当時の町長伊佐庭は道後の住民に寄付金を呼びかけたという。そのとき、多額の寄付金に応じた市民に対して渡されたのが永代終身優待券である。これを所有していると、何代先であっても無料で道後温泉本館の浴場を利用することができるのだ。

道後の温泉街で宿を経営していた湯築家も、そのときに寄付を行い、優待券を所有していた。京も古い家系なので、祖父から時々借りて利用している。

つまり、二人ともご先祖様のおかげで「タダ風呂」しているというわけだ。

もっとも、道後温泉の湯は現在湧き出ておらず、四ヶ所あるポンプ施設で汲み出している。それを各施設へ配管しているのだ。湯築屋に引かれている湯は本館とまったく同じものである。

「ゆづの旅館の風呂はどんな感じなん？　湯は道後の引いとるんやろ？」

「うーん。基本は露天風呂と部屋風呂かなぁ。部屋によっては足湯なんかもできるよ。サウナは普通のとミストサウナがあって、シロさ……いや、オーナーはそろそろ岩盤浴入れたいって言ってるけど……」

「なんそれ。最高やん。なんで流行《はや》らんの？」

「その理由を聞かれると答えにくい」

お客様が基本的に神様だから、とは言えない。

結界のせいで普通の人は湯築屋に入ろうとは思わないよう、心理的に作用している。その効果は京にも及んでおり、京が湯築屋へ行きたいと思うときには都合よく用事が入っていたり、予定が空いているときは行きたい気分にならないようだ。

「今度、泊めてよぉ。お友達割引で！」

「え、やだよ。友達に働いてるとこ見られたくない」

鬼使いである朝倉小夜子がアルバイトの仲居として旅館に出入りしていることは内緒だ。鬼使いとしての力は微弱だが、一生懸命な接客はお客様からも評判がいい。

「お湯熱いし、そろそろ出よっか」

「賛成」

流石に四十三度の湯に長くはつかっていられない。実のない話もそこそこに切りあげて、九十九と京は浴槽からあがる。そのあとはシャワーで身体をよく流す。シャワーも隣との仕切りがないため、配慮が必要だ。こういった簡素な造りも大衆浴場である道後温泉ならではかもしれない。

「じゃこ天食べて帰ろうやぁ。今、すっごいキューーッとやりたい気分なんよ」

「京……お酒飲めないのに、オジサンみたいなこと言わないの。文句言ってたくせに、しっかり温泉気分じゃないの」

「へへへ」

脱衣場で服を着て、建物の外へ。

道後温泉本館は道後のシンボルだ。

平日だが、温泉のチケット売り場には観光客の列ができており賑わっている。もちろん、九十九のように温泉のみを利用する地元の人間も多い。

本館のすぐそばには地ビールを楽しめる麦酒館があり、狙ったように近くでじゃこ天の店頭販売も行われている。女性向けのテラスや、外国人をターゲットにした和風お土産店も本館を囲んで並んでいた。無論、駅から続くアーケード商店街には多種多様の観光客向けの店が軒を連ねている。

「ゆづの分も買ってくるけんね」

「あ、わたしやっぱり太刀魚巻きにしといて」

「おっけー」

京が笑顔で、じゃこ天の店へ走っていく。

九十九は京を見送りながら、広場で座れそうな席を探した。いくつかのパラソルとテーブルが用意されているが、あいにく満席。

仕方なく、広場の隅に設置された石のベンチに座った。

季節はすっかり冬。まだ正月気分が抜け切っていない。

石のベンチは濡れてもいないのに氷のように冷たくて、思わず身震いしてしまう。白い息を吐きながら、九十九はハンドタオルを座布団代わりに敷いた。

風がぴゅうっと吹くので、ダッフルコートのポケットに手を突っ込む。雪が降っていないのが幸いだった。

「やあ、稲荷の妻」

そう言われて、九十九は辺りを見回した。どう考えても自分のことだが、発言者が見当たらなかった。しかし、程なくして足元だと気づく。

「ああ、おタマ様」

「こんなところで湯築の若女将が観光なんて珍しいではないか」

足元にちょこんと座っていたのは、黒い猫であった。

「友達が急に本館へ行きたいって。ほら、もうすぐ改修工事でしょう？」

「嗚呼、もうそんな時期なのかね？　ついこの間、建て替えたばかりだと思っていたが……吾輩も歳をとったものだ」

おタマ様は古くから道後に住み着く猫又である。

いつごろからいるのかは、よくわからない。普段は日向ぼっこする姿をよく見かけるし、たまに気まぐれで観光客に身体をなでさせることもある。飼い主はいないが、近所のお姉さんが毎日エサを与えているようだ。

「で、いつごろになったら夫婦喧嘩をやめるのかね？」

「え。な、なんで……」

ド直球に聞かれて、九十九はなにも口に含んでいないのにむせ返ってしまう。

黒猫は軽い身のこなしで、ベンチの上に飛び乗った。

「はて。違ったのかね？　君の顔を見て、犬も喰わぬような喧嘩をしたのではないかと当たりをつけたわけだが」

「いや、そんな喧嘩ってほどじゃないですって……」

喧嘩はしていない。

――九十九が儂から離れるのが……嫌だっただけだ。気にするな。すまぬ。

思い出して、九十九は口を閉ざす。九十九の様子から察したのか、おタマ様は灰色の目を細めた。笑っているようだ。

「まあ、他人の夫婦仲を詮索するのも趣味の悪い話であるな」

「はあ……」

おタマ様は大きく口を開けてあくびをひとつ。そのままベンチを降りた。

「ゆづ！　買ってきたよ！」

京が右手にアツアツのじゃこ天、左手に太刀魚巻きを持って走ってくる。

「せいぜい仲良くしておくのだな」

それだけ言って、おタマ様はお尻を向けて歩いていってしまう。

入れ替わるように京が九十九の隣に座る。竹棒に巻きつけられ、タレの照りが美しい太刀魚を手渡された。

2

それは世界が夜に塗り替えられる瞬間のよう。

太陽もなく、月もない。

あるのは透き通るような藍を広げた黄昏色の、薄暗いが、闇とも言えない空。

雲もないのに雪が舞い、庭に白い化粧を施している。寒椿《かんつばき》の紅《あか》が、雪の白によく映えた。

けれども、寒さは一切感じない。

近代和風建築の建物を囲う庭の向こう側には、なにもないと九十九は幼いころに教えられた。藍色の空と一体化した敷地の外に世界はなく、ただただ虚無が広がっているのだと。

その虚無の中に人の世との門が開かれ、我々は招き入れてもらっているに過ぎない。

九十九は幼いころ、聞いてみたことがある。

大きな樹の上で。音もなく降りしきる雪と、大きな湯築屋の建物を眺めながら。

――シロ様は、ずっとここに住んでいるの？　いつから？

純粋な疑問だった。

だって、ここには湯築屋があるけれど……ほかには、なにもない。

――さみしくないの?

答えは覚えていない。

もしかしたら、答えてくれなかったのかもしれない。

あのときの答えをもう一度聞いてみたくなったのは、最近になってからだった。

「九十九ちゃんは……すごいよね」

「へ?」

お客様が入浴している間に、お部屋に布団を敷く。その最中にそんなことを言われて、九十九は思わず間抜けな声を出した。

臙脂色の着物をまとった仲居の小夜子が、九十九に笑みを向けた。

アルバイトをはじめてしばらく経ったが、仕事覚えが早くて助かっている。最初は自信がなかった接客も、今ではだいぶ慣れてお客様の評判も上々だ。九十九に対して敬語も使わなくなった。

「若女将ってすごく大変なのに、明るくてテキパキしてて……私なんかよりも巫女の力も強くて」

「そうかな? 気づいたら、こんな感じになってたからわからないや」

「神様のお嫁さんなんてすごいと思うよ？」

「え、そこ？　そこって、すごいの？」

生まれたときから決まっていた結婚であるし、実際のところ、夫婦らしいことなどなに一つしていない。すごいと言われても説得力がなかった。

「私には自信ないよ。

「いや……自信があるわけじゃないよ」

自信などない。

九十九は急いで布団を整えて立ちあがった。

「わたし、シロ様のこと全然わからないし……夫婦らしいことも、できてなくって……」

窓の外から雪が舞い込んでくる。

舞う白雪も、咲いた寒椿もシロが結界内に創り出した幻だ。触れても冷たくはないし、窓を開けていても寒くはなかった。

「九十九ちゃん、それは――」

「若女将っ！　若女将ぃっ！」

小夜子の言葉を塗りつぶすように、慌ただしい声が響いた。

廊下からパタパタと足音が近づいてくる。

「どうしたの、コマ？」

客室の扉を勢いよく開けて入ってきたコマに九十九は問う。

コマは犬のように尻尾をブンブンふって、両手をアワアワと握った。普段から落ち着いている性分ではないが、只事ではないということが伝わってくる。

「若女将、若女将っ！　お客様が……お客様がいらっしゃいました！」

「え、はい……じゃあ、いつものようにご案内して？」

「そ、それが、ですね……っ」

「なに？」

予約なしのお客様など、珍しくもない。

むしろ、予約客が少ないのが湯築屋だ。神様は気まぐれに宿を訪れて、自分の望みを告げる。それに可能な限り応えていくのが九十九たちの仕事だった。

女将の登季子がエジプトへ営業出張しているので、そろそろエジプト神話の神様でも連れてくる頃合いかもしれないが……慌てるようなことでもないはずだ。破壊神や邪神の類を接客することも少なくない。結界の内側なので気性の荒いお客様が暴れることもなかった。

「どこの神様？　お名前は？」

お客様は神様だ。

彼らは必ず、自分の名を名乗る。名は神々を世に存在させる要のようなもの。

「び」

コマは顔を青くしながら、廊下の先へ視線を向けた。玄関の方向だ。

「貧乏神様ですっ。今、追い出……じゃなくて、お帰りいただくために白夜命様がご対応をっ！」

コマが慌てる理由が、なんとなくわかった。

「わかりました。女将は出張中ですので、わたしが対応します」

九十九は大きく息を吸って、玄関へと歩いていく。小夜子が心配そうな顔をしていたが、そのままお部屋の準備を任せる。

玄関へ行くと、攻防は既にはじまっていた。

「だから、宿泊させるわけにはいかぬと言っておる。わかっておろう？　儂は慈善事業で宿を開いておるわけではないのだ」

玄関先で声をあげていたのは、シロ——湯築屋のオーナーであり、結界の主・稲荷神白夜命であった。

藤色の着流しの上に、絹束のような白い長髪が落ちる。毛並みのいい白い尻尾は不機嫌を表現していた。神秘的な琥珀色の視線の先で胡坐《あぐら》をかいて座っているのが、件《くだん》の客のようだ。

「堅いこと言っちゃってさぁ？　いいじゃん、結界に入れたんだから。オレだって客でしようよぉ?」

玄関で胡坐をかき、タバコを吹かすサングラスの青年。

素肌にボロボロの革ジャンを羽織り、ビリビリに破れたジーンズを穿いている。前髪は似合いもしないピンクのシュシュでまとめているが、清潔感はなくボサボサだ。よく見ると、サングラスもセロハンテープで修理した形跡がある。

貧乏神とは読んで字の如く、取り憑いた人間や家を貧乏にする神様だ。実にシンプルな厄介者と言える。

商売である宿屋にあげたくない理由は明解だった。

「ならぬ、通さぬ。宿の経営は巫女に任せているが、儂には外敵を排除する役目がある」

「ちょいと、稲荷の旦那よぉ? 外敵なんて物騒な言い方やめてくれねぇか? オレが憑いた家は、ちょいとばかし没落しやすくなるってだけの話じゃないかよ。その辺の邪神やら鬼神やらに比べたら、圧倒的に無害ですぜ」

「没落させられては困るから入るなと言うておる!」

いつも客室でテレビを見て怠けているシロが、久しぶりに仕事らしきことをしていた。

「せっかく入れたんだ。もてなしてくれや。大して儲《もう》かってるわけでもなさそうだし、取り憑いたりしないって約束するからさ」

「大して儲かっていなくて悪かったな⁉」

玄関口の攻防を見ながら、九十九はゆっくりと近づく。

玄関をモフリと塞いでいるシロの尻尾が邪魔だ。九十九は尻尾を押し退けようと手を伸ばす、が、一寸考えてから、両手を前で揃えた。

「シロ様、失礼しますね」

コホンと咳払いして背後から九十九が声をかけると、シロがふり返る。

「なにやってるんですか、邪魔です」

「じゃ、じゃ……邪魔？　儂のことか⁉」

「ほかに誰がいますか？」

九十九はニッコリ笑いながら、シロの横を通り抜ける。

「待て、九十九――」

シロは九十九を貧乏神に近づけまいとしたのか、肩に手を触れようと伸ばした。しかし、その手は九十九に触れる寸前で引っ込められてしまう。

最近は、いつもそうだ。シロは九十九のことを「我が妻」とは呼ばなくなった。急に顔を近づけて気安く触れることも、そばに突然現れることもなくなった。

明確に距離をとられている。

だが、お客様の前だ。シロのぎこちなさなど無視することにした。もちろん、自分のことも。

「いらっしゃいませ、お客様。オーナーがわけのわからないことを言って、申し訳ありません」

綺麗なお辞儀を披露して、九十九はお客様にスリッパを差し出した。

貧乏神は眉間にしわを寄せて、驚いたように表情を固まらせる。彼は壊れかけのサングラスをズラすと、漆黒の瞳で九十九を凝視した。

「はあ⁉　九十九、なにを言うておる」

「なにって……お客様ですので、接客です」

「客だと？　貧乏神だぞ！」

「貧乏神様です。れっきとした神様であり、お客様ではありませんか。前にも言いましたよね？　シロ様の結界は湯築屋の人間と、お客様しか通ることができないって。では、この方はお客様です」

「それは……」

シロはばつが悪そうに口ごもってしまう。恐らく、貧乏神が来客することなど想定していなかったのだ。

「わたしはシロ様の結界は信用しています。悪意ある者を通すような結界じゃないでしょう？」

「……当たり前だ」

「では、結界を通ったこの方は、お客様に間違いありません。シロ様も力ずくで追い出そうとしなかったのは、そういうことでは？」

シロは気まずそうに九十九と貧乏神から視線を逸らすが、やがて、口を曲げて背を向けてしまった。

「先ほどは失礼した。ゆるりと休まれよ……ただし、此処には商業を司《つかさど》るほかの客も居《お》る故、長居はご迷惑となる。宿泊は三日まで。絶対に宿に憑かぬことを条件とする」

「おっ、ありがとさーん。話のわかる仲居チャンがいてくれて助かったわぁ」

シロの言葉を受けて、貧乏神がニヘラッと笑う。

彼は立ちあがって、九十九が差し出したスリッパに足を滑り込ませた。脱いだ革靴は玄関に転がり、靴底が抜けてしまう。

「お客様」

九十九はていねいな所作で背筋を正し、お辞儀をした。

「改めまして、湯築屋をご案内させていただきます。若女将の湯築九十九です。よろしくおねがいします」

やることは、いつもと変わらない。

お客様は神様なのだ。

最高のおもてなしを。

「とはいえ、ほかのお客様のこともありますから普通におもてなしするわけにもいきません。特に、本日は愛比売命《えひめのみこと》様もご宿泊しています」

愛比売命は商売繁盛、縁起開運の女神だ。

地元の伊豫豆比古命《いよずひこのみこと》神社——通称、椿神社に祀られる一柱で、愛媛県の県名に由来した神でもある。椿神社は金運のパワースポットとしても人気が高く、毎年冬に開催される椿まつりは松山の風物詩とも言えた。

今では世界中の神様が集まる湯築屋だが、昔馴染みのお客様にも支えられている。

「本当は別の切り札として用意していた設備ですが……貧乏神様は屋外でおもてなしをいたします」

変則的な客の訪れに集まった湯築屋の面々を前に、九十九は自分の計画を発表する。九十九にコマ、小夜子、幸一、八雲と碧の計六名だが、作戦の方針はきっちり決めておく必要があるだろう。一応、シロもいるが、戦力外と見なす。

コマが「ええ⁉」と声をあげる一方で、料理長の幸一がうしろのほうで腕組みをして思案しはじめる。

シロは嫌そうに尻尾をベシンッベシンッと床に叩きつけながら「異議あり、異議あり」と連呼していた。九十九は無視を決め込む。

「お部屋は母屋《おもや》の片づけをしようと思います。貧乏神様には事情を説明し、納得済みです。先にお風呂とお食事を楽しんでいただきましょう。碧さん、お願いしても大丈夫ですか？」

「はい、若女将。わかっていますよ」

九十九の呼びかけに、仲居頭の碧が快く返事をする。母屋は客室ではないため、浴衣やタオルなども揃えていない。花を生けておく必要もあるので、ベテランの彼女にお願いするのが適任だと思われた。

「異議あり」

会話の間にシロが割り込むが、九十九は目をあわせないようにした。

「すみません、八雲さんにはお庭の準備をお願いしてもいいですか？」

「承知しておりますよ、若女将」

番頭の八雲も嫌な顔一つせず、持ち場へ向かう。貧乏神を迎え入れるなど、反対されたらどうしようかと思っていたが……心配なかったようだ。湯築屋の面々が一丸となるのを見て、九十九はホッと一安心した。

「九十九、異議ありだ！」

「異議を却下します……ということで、貧乏神様がお風呂に入っている間に、お食事の準備を済ませてしまいましょう」

「異議あり！　九十九、話を聞かぬか！」

「却下。それでは各自、持ち場についてください」

「異議あり！　異議あり！　何故、母屋の儂の部屋を片づけるのだ⁉」

　駄々を捏ねるシロを無視して、一同は戦闘態勢に入った。お客様へのおもてなしは戦争だ。素早く適確な判断が求められ、失敗は許されない。貧乏神が入浴している間に、滞りなく準備する必要があった。

　メニューの構想は決まっている。幸一とも相談しており、食材についても問題ない。会場の設営も八雲に頼んである。本当は別のお客様のために用意していたが……緊急事態だ。

　今日はお客様が少ないのも救いである。

　シロの部屋を使うことには、シロ以外の人間が賛成だった。お客様である以上、下手な部屋に通すわけにもいかないし、元々、シロの部屋は物が少なくて殺風景なので片づけやすい。というよりも、ほとんど平時は客室でテレビを見て過ごしているので、自室をあまり使っていないのだ。

　つまり、問題はない。

「つーくーもー！　聞いておるか⁉」

「お黙りください！」

　九十九が早足で廊下を進むと、シロが身体を壁に擦りつけながら追いかけてくる。行動が幼い。

「宿泊を許可してくださったのに、往生際が悪いですよ」

「誰が儂の部屋を使ってもよいと……だいたい、儂は何処《いずこ》で寝れば……」

「別に、いつでも好きな部屋で寝ているじゃないですか。お部屋はたくさん空いていますす」

「いつもは客室で寝るなと口煩いくせに」

「いつも無視して寝てるじゃないですか」

煩わしく思いながらふり返ると、シロがわざとらしくむくれていた。

子供か！

「寝床が奪われてしまったのなら、仕方がない。今宵は巫女の部屋で寝るしかあるまいよ」

「え」

あまりにサラリと、聞き流しそうなノリで言われたセリフ。

九十九はとっさに身体を強張らせ、シロを見あげてしまった。

「あ、あの」

以前の九十九なら、なんと言い返しただろう。

急に肩を抱かれたとき。不意に顔を近づけられたとき。どうしていたのだろう？

「登季子の部屋が空いておろう。ファブリーズしておけば、気づかれまい」

九十九の顔を数秒観察したあとで、シロはつまらなさそうに視線を外す。はじめからそのつもりだったのか、それとも、九十九の反応をうかがっていたのか。本当のところはわからない。

ふわりと近づいてきたと思えば、するりと逃げられてしまった気分だ。

否、近づいてなどいない。

シロは九十九と一定の距離を保とうとしている。

「ひぃっ⁉　貧乏の臭い！」

堪らず琥珀色の瞳から目を離した瞬間、廊下の向こうから叫び声が聞こえてきた。

「誰ですか⁉　せっかく養生しにきたと言うのに……貧乏神など！　吾《あたし》の神格が落ちたらどうしてくれるのですか！」

声に反応して廊下を走った先には、二人いた。

一人は風呂あがりの貧乏神だ。

湯築屋の青い浴衣に袖を通し、濡れたままの黒髪を肩に垂らしている。サングラスを外しているせいか、ニヤニヤとした視線が軽薄そうな印象を与えていた。装いが変わったせいか、入浴前と様子が違って見える。

もう一人は椿神社に祀られる愛比売命。

こちらも同じく湯あがりなのだろう。貧乏神と同じデザインの浴衣を着ている。床まで達する長い紅髪はていねいにタオルでまとめられており、ほっそりとしたうなじが色っぽい。組まれた腕の上に豊満な胸が乗っていた。

「先ほどから貧乏臭いと思ったら……！」

「そりゃあ、貧乏神だからなぁ？」

「嗚呼嗚呼嗚呼嗚呼嗚呼嗚呼！　その態度、腹立たしい！　椿まつりに備えて初詣の疲れを癒しに来ているというのにっ。邪魔をしないでいただきたい！」

「へえ？　肩肘張って大変そうだねぇ？」

「貴方には、わからないでしょうね！」

「失礼な。一応、オレにだって祀ってくれる神社の一つや二つありますけど。ここの宿賃くらいなら払えるぜ？」

愛比売命は半狂乱になりながら、甲高い声で叫んだ。

商売繁盛の神である彼女にとって、貧乏神は最も近づけたくない類の神だろう。彼女のもとには、多くの商売人が訪れる。

彼女が祀られる椿神社で旧暦の一月七日・八日・九日の三日間にわたって開催されるのが椿まつりだ。参道に様々な屋台が立ち並び、多くの人で賑わう。九十九も毎年参拝しており、そこで売られる「えんぎあめ」が素朴な味わいで結構好きだったりする。

毎年、立春に近い上弦の月の初期に催されるためか、「椿まつりが終わるまでは暖かくならない」というのが松山市民の認識だ。

「愛比売命様。すぐにお食事の準備ができますので、お部屋でお待ちください。貧乏神様も、あちらへご案内します」

九十九が割って入ると、愛比売命は表情を歪めたまま貧乏神から顔を逸らす。

「客を分け隔てなくもてなす若女将の志は立派です。そこに文句をつけるつもりは毛頭ありません……ですが、貧乏神。貴方は吾の視界に今後一切、入らないでいただきたい。吾の神格に傷をつけたら許しませんから！」

愛比売命は九十九の方針を評価する一方で、貧乏神に対して冷ややかに言い放った。貧乏神を宿泊させる湯築屋に対して苦情を言うつもりはないが、個人としては彼を許さないということだろう。商売の神だけあって、そこは弁《わきま》えている。

「はいはい、よろしゅうございますよっと。じゃあ、若女将チャン。案内してくれよ？」

貧乏神は慣れた様子で受け流し、九十九の隣に立つ。

愛比売命のほうもそれ以上言うことはないようで、ツンとした態度で部屋へと帰っていく。シロは愛比売命の機嫌を宥《なだ》めようと思っているのか、それとも、自分も避難したいだけなのか「美味い酒でも飲もう。松山あげもあるぞ」と声をかけていた。

部屋へと戻っていく愛売比命を見据えて、九十九は軽く思案する。

「ま、新参だしなぁ。しょうがないって話よ」

貧乏神は軽く言って笑った。

「新参、ですか？」

「そそ。オレ、意外と若輩者なんですわ」

日本神話の神に比べると新参者かもしれないが、現代まで名が残らず消える神がいることを考えると、それほど新しすぎるわけでもないだろう。祀った神社もいくつかある。

「貧乏神なんて、元々は存在しないってハナシ」

貧乏神は軽い口調で続けた。

「最初は誰かが言い出した創作だったものが、だんだんと信仰を得て神になったってコト。まあ、オレの場合は信仰というより嫌悪なのかなぁって思うけど。栄えていた家が突然没落するんだから、なにか人智を超える力が働いているに違いないって、みんな無意識に信じてたんだろうねぇ」

案内されている間も貧乏神は饒舌だった。

彼にとったら、独り言のようなものなのかもしれない。九十九の反応など見ていないようだった。

「自分の都合がいいように考えて、存在を創り出すんだから人間も大した力を持っているよ。結局のところ、オレらが生まれるも消えるも人の力だかんね……まあ、原初の神なら、話は違うんだろうけど」

九十九は堕神の話を思い出した。

彼らも元々は人に信仰された神だが、名を忘れられ、存在が消えていく。神は人に恵みや脅威を与える強大な存在であるが、その存在を支えるのは人の信仰や畏怖。神様は人を支配する存在ではないのだ。相互に作用することで、互いが存在していける共同体のようなものなのかもしれない。

ふと、九十九の脳裏に疑問が浮かぶ。

もしも、誰も神を信じなくなってしまったら、どうなってしまうのだろう?

「貧乏神様、お食事はお庭に用意しております。どうか、心ゆくまでお楽しみください」

貧乏神を食事会場へ案内する。

冷たくない雪によって化粧を施された庭木。白い世界の中で花開く寒椿が美しい。パチパチと音を立てる炭火。テーブルの上に並んだ海の幸が、網の上で焼かれるのを今か今かと待っていた。

凍った池に臨む庭に設置されたバーベキューセットを示して、九十九は最上の笑顔を作った。

「ほーう?」

庭の光景を見て、貧乏神が感嘆の声をあげている。

「お客様、お席はこちらです」

九十九は机とテーブルを示して、着席を促した。

炭が燃える網の前では、幸一が既に食材を並べて焼いている。

「お父さん、ありがとう。あとは代わります」

一緒に準備をしてもらったが、幸一はほかの料理も作らなくてはならない。バーベキューの番は九十九へと交代する。

「うん。つーちゃん、がんばってね」

幸一は優しく言いながら、トングを九十九に手渡した。リレーのバトンを受け取るような気分だ。

網の上で、サザエがグツグツと煮える音がする。

そろそろ頃合いだろうと軽く醬油を垂らすと、炭火がパチパチと鳴る音色の上に、あふれる汁がジュワーっと降りかかった。

「瀬戸内のサザエは日本海のものと違って、殻にトゲがついていないんです。内海で荒波に流される心配がないからと言われていますが、正確な理由はわからないそうです」

豆知識のようなものを披露しながら、九十九は焼きあがったサザエを皿に載せた。滑らかな曲線を描くサザエの殻はトングでつかむと、クルリと回って裏返ってしまいそうだったが、なんとか堪える。

以前に日本海で獲れたサザエを見たが、形が違っていて驚いたものだ。しかし、味は同じ。瀬戸内産も弾力があってとても美味しい。

「なるほどねぇ……貧乏神のもてなしにバーベキューとは考えたモンだ。いいね、若女将チャン。可愛いだけじゃないみたいだな!」

貧乏神は家に憑く神だ。あまり屋内に留めておくのはよくないらしい。シロの部屋を宿泊用に空けたが、貧乏神自身も承知しているようで不必要に近づこうとしなかった。

客として訪れているが、貧乏神からなにかを注文することはない。結界の主であるシロに気兼ねしているのか、それとも、なにか目的でもあるのか。

「ああ、美味い。こういうモンを食べるのは、名を得て《生まれて》から初めてだ」

貧乏神はサザエの壺焼きを器用に殻から外し、プリプリの身を口に放り込む。サザエの旬は春から初夏だが、基本的に年中水揚げされていた。

「それはよかったです」

貧乏神が壺焼きのサザエをハフハフと美味しそうに食べているので、九十九は安心しながら刺身の皿をテーブルに置いた。

今日の刺身はカワハギの薄造りだ。透き通る薄い身がベールのように並び、もみじおろしが彩のアクセントとなっていた。骨と頭は軽く茹《ゆ》でられており、身を余すことなく堪能することができる。

父の作った料理は、どれも宝石のようにキラキラと輝いて見えた。

「肝はお好みでポン酢に溶いてお召しあがりください。今、鯛の塩釜を用意しているところです。いい海老《えび》が入っているので、お焼きしましょうか？」

「おう、頼むわ」

貧乏神は軽いノリで言って、刺身に手を伸ばした。

「なあ、若女将チャン」

大きな海老を網に載せたところで、貧乏神が声をかけた。

「なんでしょう？」

九十九は何気なく返事をしてふり返る。

すると、貧乏神は自分の隣をトントンと人差し指で示していた。

「若女将チャンも一緒に食べなよ」

「え……ええ……ええ？」

予想外の誘いだった。

「その、仕事中ですので……？」

「そんなに畏まらなくってもいいのに。オレはただ……そうさな、楽しみたいだけだよ」

九十九には、貧乏神の真意がわからなかった。

「オレは貧乏神だ。追い払われることはあっても、招かれることはない。輪の中に入って、誰かと食事をするなんてことも。ささやかなわがままさねぇ」

ああ、そうか。

九十九はようやく納得がいった。

「貧乏神の名がついたときから、わかっちゃいたんだが。迷惑なら――」

「お客様」

九十九は貧乏神の言葉を遮ってニッコリと笑い、素早い動作で貧乏神の隣に座る。

「一緒に食べましょう。わたしは少し食いしん坊なので、早く食べないとなくなっちゃいますよ？」

平然と言うと、今度は貧乏神のほうが面食らった様子で九十九を見ていた。

九十九は何事もないかのように、サザエの壺焼きを一つ自分のほうへと引き寄せた。ていねいに殻から身を離すと、そのまま口へと。

「んぅ！　美味しい！」

身は厚くて弾力があり、噛むほどに濃い磯の味が染み出てくる。まさに海を凝縮した旨味だった。癖になるような苦味ととろける肝の食感も外せない。殻の底に溜まった出汁には貝の旨味がすべて溶けており、これもまた舌を唸らせる。

「あらぁ……とても、楽しそうなことをしていらっしゃる。岩戸神楽《おたのしみ》をしていれば、わたくしが出ていかないわけにもいきませんね？」

頭上から鈴のような愛らしい声がした。

いつの間に、そこにいたのか。雪により白く染まった木の上で、くるりと大きな瞳がこちらを見下ろしていた。少女がふわりと地面に降り立つ。

「天照様！」

「わたくしもご一緒してよろしいかしら？　今日、推しがインスタグラムに焼肉の写真をアップしていましたの。ちょうどいいところにバーベキュー大会が開催されているとあっては、参加しないわけにはいきません。いいえ、参加する以外の選択肢がありませんでしょう？」

天照大神は花のように愛らしく、しかし、魔女のように魅惑的な笑みを見せながら、カワハギの薄造りへと箸を伸ばす。

好きなアイドルの名前を呟きながら「端に写っていた女の手は誰なのかしら……ふふ」とか言っているのが聞こえた気がするが……気のせいだ。

「お肉も焼いてくださる？」

「もちろんです、伊予牛を用意しています！　急いで追加を頼んで……いや、ちょっとだけ待っていてください！」

九十九は閃きのままに立ちあがった。

お客様の望みを可能な限り叶える。これが湯築屋の信念だ。であるならば、突き通さなければならない。

それに、もう一人。

「行ってきます！」

貧乏神は猪《いのしし》のように走っていった九十九の背を怪訝そうに見つめていたが、天照は慣れた表情だった。

しばらくして。

「お客様、お待たせしました！」

九十九は息を切らせながら、バーベキュー会場である庭へ戻ってきた。

右手にはアルバイトの小夜子、左手には子狐のコマを引き連れていた。うしろから、仲居頭の碧もついてきている。

こちらを見たまま目を見開いている貧乏神に、九十九は明るく言い放った。

「お食事の準備が遅れてしまって申し訳ありません、お客様。さあ、みんなで一緒に食べましょう！」

——オレはただ……そうさな、楽しみたいだけだよ。

貧乏神が湯築屋に来たのは家を没落させるためでも、客としてのサービスを受けたかったわけでもない。

きっと、彼は――ただ、楽しみたいだけなのだ。

「みんな座って一緒に食べましょう！　お客様を囲んで盛りあがりましょう！」

九十九は戸惑いを隠せない小夜子の手を引き、足元で固まるコマの背を押した。

「座って、座って。あとでお父さんと八雲さんも来てくれるって！」

「九十九ちゃん、本当にいいの？」

「いいのいいの、小夜子ちゃん。今日は最初から予定してたでしょ？」

「うん、だから……大丈夫？」

「たぶん！」

バーベキューセットを前に、九十九は自信いっぱいの笑顔をふり撒いた。

「では、遠慮なく。私、ハギには目がないんですよねぇ」

戸惑う小夜子やコマを余所に、碧はすんなりとバーベキューの席に座っていた。手にはすでに箸が握られており、カワハギの薄造りを狙っている。いつもは大人しく、粛々と仲居頭の仕事をしている印象の碧だが、ハンターのような視線になっていた。残念だが、カワハギが生き残ることはないだろう。

九十九や碧の様子を見て、小夜子も「わかったよ」と返してくれた。

「さあさ、どんどんお食べになって。遠慮は無用です」

何故か天照が仕切ってコップにみかんジュースを注ぎはじめる。

愛媛県のみかんジュースと言えばポンジュースだが、最近は多種多様なブランドみかんのジュースがある。

天照が注いだのは、今が旬のせとかだ。非常に濃厚な甘みを楽しめる品種で、品質のいいものは高値で出回る。その甘さを「みかんの大トロ」と評することもあった。九十九の好きなブランドみかんの一つである。

「貧乏神様、箸が止まっていますよ」

周囲に集まった面々を眺めたまま、貧乏神の動きが止まっていた。

九十九は隣の席に座り直し、せとかのジュースを差し出す。

「あ、すみません。神様はお酒のほうがいいですよね？」

「いや……それをもらうよ」

貧乏神は嬉しそうに、九十九の手からコップを受け取った。

「美味いな。若女将チャンが出してくれるものは、なにもかも美味い」

「ありがとうございます。でも、食材を仕入れたり料理を作ってくれたりするのは料理長です。それに、ジュースは農家さんとか生産者さんがいて、わたしはお店から買ってくるだけですから」

「そういう意味じゃない。こうやって、食事の提案をして用意してくれたのは若女将チャンだ」

貧乏神は、最初に比べるとにぎやかになったバーベキュー会場を見回していた。

「あつっ。熱いですっ！」

「コマちゃん。エビの殻なら、剥いてあげるよ？」

「うう。小夜子さん、ありがとうございますぅ」

最初は戸惑っていた小夜子たちも、大きなエビを皿の上に載せながら楽しそうにしている。あとから、一段落ついた幸一や、番頭の八雲も加わっていた。

壊れかけのサングラス越しに、ここはどのように映っているのだろう。九十九と同じように楽しくて、そして美しい景色になっているのだろうか。

「俺は貧乏神だ。こんなに、楽しそうな人に囲まれるのは初めてだからよ。いつも遠目に見ていただけだ」

貧乏神は人から嫌われる類の神だ。

当然と言えば当然だろう。誰も貧乏と没落の神を招き入れる者はいない。

「オレは特になにをするでもない。憑いた家が勝手に没落していく。最初は栄華を誇っていた人間が次第に落ちぶれて、だんだんと周りから人が減っていくなんて場面ばかり見て生きてきた」

「なんか、すみません」

「どうして謝る。いいってよ。オレが勝手に喋ってんだ。聞いてくれや」

お客様たちは、みんな自分の存在を誇っている。どのような加護を人に与えてきたか、どれだけ畏怖を持たれているかを得意げに語り、自らの威光に自信を持っていた。

けれども、貧乏神は違う。

「繁栄して調子に乗る人間への罰のような存在かもしれないけどねぇ。オレの役割って」

「人に罰を与える神様は多くいらっしゃいます。災害であったり、天罰であったり、形は様々ですけれど」

「そうさなぁ」

貧乏神信仰は人が創り出したものだが、それは果たして貧乏神だけの話か。

神様は人の信仰がなければ存在していけない。逆に言えば、信仰が存在しなければ神様は生まれない。

神様のはじまりを決めるのも、終わりを決めるのも、人の信仰だ。

「普段は気にならないんだよ。オレは最初からそういう存在だし……でも、な」

貧乏神は言葉を区切り、空《くう》を見あげた。

シロの結界の中から本物の空は見えない。雲もなければ、星や太陽もない。ただなにもない空から、不思議と冷たくない雪が降っている。

「ここの結界がひらけて、宿の入り口が見えたんだ。道後に変わった旅館があるっていうのは同業者連中の話で聞いて知っていたが、実際、目にするのは初めてでね。気まぐれでフラフラっと入っちまった。悪かったな」

「いいえ、構いません。シロ様の結界が通す方は、どなたでも招かれたお客様です。そして、お客様には最高のおもてなしをするのが湯築屋の流儀です」

「ははっ。流石は商売の神が認める若女将だ。オレなんかも客として扱うんだからよ」

貧乏神は九十九の小さな背を叩いて、せとかのジュースを飲み干す。

「美味い。でも、せっかくだから、次はこの辺の酒を飲みたいな」

「はい、かしこまりました！　それでは、雪雀《ゆきすずめ》酒造の『花へんろ』などいかがでしょう。甘い口当たりでスッキリと後を引かない軽さのあるお酒です」

「じゃあ、それ頼むわ」

九十九は貧乏神の持つ杯に、日本酒を注ぐ。

「貧乏神様は、本当に気まぐれだけで湯築屋に来てくださったのですか？」

九十九が問うと貧乏神は意外そうに目を見開いた。

「先ほど、お客様は楽しみたいだけとおっしゃりました。この温泉の効能である神気を癒すためでも、旅行のためでもなく……これは、わたしのおこがましい想像なんですけど、当たっていたらそれに選ばれた湯築屋はとても光栄だと思いました。ほかにも神様のお相手をする宿がないわけではありません。数は少ないけれど、その中から湯築屋を選んでいただけたのは、本当に嬉しいです」

「……そっか」

「はい」

貧乏神は肩を竦《すく》めてフッと笑う。

彼は外側から人の没落する様を見届ける神だ。その輪の中心に入ることはない。深く干渉すれば、凋落《ちょうらく》は早まる。

彼は——人の輪に入りたかったのではないだろうか。

決して入ることが許されず、ただ見ていただけの存在に触れてみたかったのではないか。

こんな風に、にぎやかに食事をしてみたかったのではないか。

だから、九十九に一緒に食べようと言ったような気がした。

お客様——神様の気持ちに、添えることができたかな？

「およ？」

気が緩んだのかな。

なんだか九十九は気持ちがフヨフヨした。

「九十九ちゃん⁉」

「ふぇ？」

小夜子が何故か声をあげていたが、九十九には、わけがわからなかった。

「あ、間違えていましたわ」

そんなことを言いながら、みかんジュースのラベルをくるりと回したのは天照だった。

そこにはジュースではなく、「お酒」の文字。

みかんのお酒であることが書かれていた。

「若女将にお渡ししたコップ、わたくしのお酒でした」

「ええ⁉」

九十九の人生初の飲酒は、神様に飲まされてしまいました。

3

外から貧乏の臭いがする。

あからさまに顔を歪めながら、愛比売命は窓の外を睨んだ。

障子窓の外側に舞う粉雪は風情があり、大変計算された造りの客室だ。目の前に並べられた海鮮中心の料理も美しく、とても魅力的だと思う。

愛比売命にとって瀬戸内海の魚介など食べ慣れているが、やはり、宿屋で旅気分にひたるのは趣が違う。湯築屋は近場だが、昔から贔屓《ひいき》にしていた。

「部屋も料理も一級品。サービスも悪くないし、従業員の器量もいい。行き届いたいい宿ですね……客以外は」

愛比売命は目の前に座った稲荷神にそう言いながら、不満げに目線をずらした。

「我が巫女が迷惑をかけたな」

「いえ、貴方の巫女はよき巫女です。商売人として、客を分け隔てなく扱い、最高のサービスを提供する。此れは評価すべき美点です。誇りなさい」

「ならば、有難く言葉を受け止めよう」

愛比売命の返答を予測していたのか、シロは軽く唇の端を吊りあげた。

「随分と巫女を気に入っているようですね」

貧乏神に難色を示すのは愛比売命と同じようだが、シロは自分の巫女を高く評価していることがわかった。あの巫女ならば、上手くやれるという自信があるのだろう。

いや、それだけではない。愛比売命の称賛に、宿屋の主としてではなく、別の意味でも喜んでいるように見えた。

人に対して、随分と入れ込んでいる。愛比売命には、そのように映った。

「あれは儂の巫女だからな」

「……自覚はないですか」

シロが怪訝そうに表情を歪める。

こいつ、さては阿呆ですか？

愛比売命はため息をつきつつも、それ以上は言及しないことにした。放っておいてもいい気がしたからだ。

「まあ、酒でも飲まれよ。『石鎚《いしづち》』の限定大吟醸が入っておる。儂のお気に入りだぞ」

「嗚呼、それ。たまに奉納されますね。たしかにいい酒です。なんでも、賞をとったとか……彼らの創造力には感嘆するばかりです。特に、この国の人々は食に関しては手を抜かない……ま、まあ。それは、吾らが土地に恵みを与えているからなのですけれどね！」

「そなたは、相変わらずというか……そこまで気張るな」

「なんのことでしょう！」

愛比売命はシロから日本酒の入った杯を受け取った。

「つ、つつ九十九ちゃん！　そんなことしちゃ駄目！」

なにやら、外が騒がしくなってきた。

気づけば貧乏の臭い以外にも、肉や魚の焼ける香ばしい匂いも立ちのぼっている。否、それ以上に……人の匂いがした。

庭のほうに何人か集まっている？

「肩肘張らなくとも、いいのではないか？　椿さんよ」

シロに「椿さん」と呼ばれて、愛比売命は苦笑いした。

椿さんとは、椿神社の愛称だ。

地元の人間はたいてい、愛比売命が祀られている椿神社のことを「椿さん」とか「お椿さん」と呼んでいる。人々に親しまれるよき神の証ではあるが……自分には愛比売命という名があるという自負もあった。

「う……そのような俗称で吾を呼ばないでください。吾には、愛比売命という名がきちんとあります」

「椿さんのほうが言いやすいではないか。せっかく、羽を伸ばしにきたのだ。ゆるりとすればよかろう」

「でも、一応は神の威厳と言うものが、ですね」

そう答えつつも、何故か胸がウズウズした。

庭を覗き込んではいけない。しかし、愛比売命は欲求に抗うのが難しく感じた。

「ちょっとだけ……」

なにをしているのだろう。

愛比売命は窓枠にそっと近づいて、手をかけた。その様子をうしろでシロがニヤニヤと見つめているのを感じながら。

「あらあら……飲ませすぎちゃいましたか?」

「天照様、わざとだったんですか⁉」

「……ふふ」

そこはバーベキュー会場だった。

楽しそうな声。

湯築屋の従業員が揃っていた。人数は少ないがワイワイと集まって炭火の網を囲っている。網の上にはこんがりいい焼き色の肉や魚、ぐつぐつと煮え汁を噴くサザエなどが載っている。

愛比売命の部屋に運ばれた繊細な食事に比べると、やや大雑把に感じたが、美味しいことは間違いないとわかる。新鮮なものを焼いてすぐに食べる。これ以上の美食はないし、人間が原始の時代に獲得した初歩的にして至高の調理法だ。

従業員のほかにも、客が混ざっている。中心にいるのは貧乏神。なるほど、これは彼を屋内に入れないための措置なのだ。若女将の機転だと、愛比売命にはすぐにわかった。ほかにも天照大神が確認できた。愛比売命が宿泊するたびに毎回見かける気がする常連客だ。いったい、彼女は何連泊しているのだろう？

それらの連中が集まって、にぎやかに騒ぎ立てていた。

まさに宴《うたげ》。

そう、これは宴の光景だった。

「おいおい、大丈夫かい？　若女将チャン」

貧乏神の隣で赤い顔をしてグテリと寝ているのは、若女将だ。酒でも飲んだのか、機嫌がよさそうにヘラヘラと笑っている。

「だいじょうぶれふ。びんぼーがみさまぁ……ふふへ」

そんなことを言いながら、若女将は机の下に潜り込んでしまった。なんの意味があるのか周囲にも、そして、愛比売命にもわからない。

「九十九はなにをしておるのだ……」

うしろから、シロが嘆息していた。呆れているような素振りだが、あのような若女将を見るのは初めてで困惑しているようにも受けとれる。

「愛比売命よ、儂は今からアレを回収しようと思うが、そなたも下へ降りるか？」

「マジ⁉ いや、そうじゃなくて、どうして吾があのような宴になど……楽しそうなどとは、少しも思っておりませんよ。ええ、そうです。混ざりたいなんて……」

「後で独りでは行き難かろう？ 儂が連れていってやると言っておるのだ」

「な、な……！」

なんのことでしょう。結構です。

ピシャリと冷静に言うつもりが、舌がもつれてしまった。何故、ここで動揺する必要がある。自分でもわからない。

「好きであろう？ 宴」

「ぐ、ぬぅ……」

愛比売命はグギギと歯を軋ませた。

シロとは長いつきあいだ。当然、愛比売命の本質も見抜いている。というか、知っている。

「しかし、吾の威厳と言うものが」

「威厳と言えば、あそこで未成年に酒を飲ませて楽しんでいるアイドルオタクの引きこもりにこそ持ってほしいものだ。まったく……ほどほどにせよと言うておるのに、またあのような遊びを……」

「たしかに、あの方は少し遊びすぎですね」

自由すぎる天照大神を引きあいに出されると、なんでも許されてしまうような気がする。いや、あれは許しては駄目だろう。昔は、もう少し威厳があったと思うのだが……否、元からあんな感じか？

「稲荷の巫女は軽く引っかかってくれましたのに、鬼の巫女は勘がよくて困りましたわ」

「お酒の匂いがするから、わかりましたよ。ね、ねえ、九十九ちゃん……そんなテーブルの下に潜っちゃ駄目よ。出てきてってば」

「ふへへ……狭いところ、しゅき」

「はは。若女将チャン、面白いねぇ！」

愛比売命は庭の様子に呆れつつ、視線を外すことができなかった。

♨　♨　♨

なんか、頭がふわふわする。

夢の中にいるような、水中に浮かんでいるような。

気持ちがいい、のかな？

九十九は自分の状況を言葉で表せないまま、テーブルの下で丸くなった。冷たい地面の石の感触が、ほてった身体に心地よい。おでこに小石がグリグリ当たるのが堪らなかった。

昔の人は、お酒を飲んで神様を引き寄せていたと聞く。飲酒していつもの自分ではない状態を作り、神と繋がったという感覚を得ていたようだ。その解釈は間違っているが、見当違いでもないとシロが言っていたのを思い出す。

神様はみんなお酒が好きだ。

そして、酒を酌み交わす相手に好意を持つ。そうやって繋がりを持つらしい。

今なら、シロ様と繋がりを持てるのかな？

「我が巫女はいつから犬になったのだ？」

「へ？」

テーブルの外から着物の帯がつかまれた。

だいぶ強引に帯を引っ張られ、九十九の身体が宙に浮いた気がする。いや、浮いた。

「そのようなところで……そのまま寝入って風邪でも引くつもりか？　客に鼻水と咳をふり撒かれると困るぞ」

「シロ様……？」

シロのことを考えていたら、シロがやってきた。

タイミングのよさに、九十九はヒュッと声が引っ込んでしまう。それなのに、心がじんわりと温かくなるのを感じた。

そういえば、こうやって、シロに触れられるのは久しぶりだ。

「見苦しい姿を晒すな。儂の巫女であろう」

「……はい」

怒られているのかな？

なんだか、いつもと逆のような気がして恥ずかしい。普段は駄々を捏ねるシロを制するのが九十九の役目なのに。

自然と腕の中に収められてしまい、肌と肌が密着する。

確かな温かさと鼓動がそこにあって、身体が縮こまってしまいそうだ。

「あらぁ……これはよい副産物を得られましたわ。是非、そのまま続けて」

天照が意味深に笑いながら両手をあわせている。九十九とシロのことを指しているのだと気づくと、急に恥ずかしくなった。

「シ、シロ様……お客様の前でやめてくださいっ！」

「なんだ。元はと言えば、九十九が酔って犬のように穴を掘りはじめたからではないか」

「あ、穴なんて掘ってません！　犬でもありません！」

いつの間にか、酔いが覚めてきている。まだ頭がクラクラするものの、九十九ははっきりと声を発することができた。

「で、稲荷神。そちらの女人《にょにん》は誰かしら？」

天照がニヤニヤと含み笑いをしながら、庭の端を指さして話を切り替える。

そこには木に隠れるようにこちらを見る人影があった。

「嗚呼、それは愛比――」

「ちーっす！　ツバキっす！」

シロが説明しようとすると、紅い髪の少女が木の陰から飛び出した。

愛媛県内の高校ではあまり採用されていないセーラー服姿の女子高生。ブラウスの裾が短くて、おへそが見えそうで見えないギリギリのラインだった。スカート丈も非常に短く、細い生足を際立たせている。

女子高生……っぽい姿ではあるが、どこかズレている気がする。

「マジ卍《まんじ》で楽しそうなBBQ《ビービーキュー》やってるんで、お邪魔させてもらいまーっす！　よろしく☆」

「は、はあ……」

違う人種がきたのかな。

テンションの高さについていけない九十九であった。

「あら、愛比売命ではありませんか。よろしくてよ、一緒に飲みましょう」

「誰かと思えば、さっきの商売女神サンじゃねぇか。どうした？　飲むか？」

「椿《ツバキ》さんって、名前があからさまですよね……お客様、こちらの席へどうぞ」

どうやら、九十九はまだ酔っているらしい。九十九以外は、あれを愛比売命の変装であると一瞬で見抜いたようだ。神気がほとんど使えない小夜子ですら気づいているとは。

「うっ……せっかく変装したのに……」

「だから、無駄だと言ったろう。儂は恥をかくからやめろと忠告したぞ」

シロに窘《たしな》められて、愛比売命はガックリ肩を落としている。

「だって、吾の威厳がぁ！　貧乏神なんかと飲んでるって知れたら、品格に傷がついちゃうしぃ……バイブス下がるっていうか……」

「それでも一緒に飲みたくなるほど楽しそうに見えたということですわね。よいことです。狙い通りでしたね、若女将」

そっぽを向く愛比売命に向けて天照が笑う。

ツバキ——愛比売命が祭りや宴が大好きであることは神々界隈では有名だった。本人は隠しているつもりだが、だいたいみんな知っている。

実際、九十九も秋祭りに赴いた際、一般市民に紛れて屋台を食べ歩く愛比売命を目撃したことがあった。本人は隠しているつもりだし、普通の女子高生を装っていたがバレバレである。

流石に、もうすぐ開催される椿まつりでは、祭神である愛比売命が参加することはできない。楽しそうな人々を前にしながら、本来の仕事をしなければならないのでストレスが溜まるだろう。

にぎやかなものを見ると混ざりたくてしょうがない。

彼女の言葉を借りるなら、生粋の「パーリーピーポー《パリピ》」いや、「パーリーゴッデス《パリゴ》」である。

それに愛媛県の神様は祭り好きが多い。というか、祭りになると豹変《ひょうへん》する神様が結構な数で存在するので、慣れていた。

それは県民が好む祭りの特性にも反映されている。

神輿《みこし》と神輿をぶつけあう「喧嘩神輿」やら、神輿を神社の階段から落下させて破壊する祭りやら、大きな太鼓台を担ぎあげる祭りやら……穏やかな県民性に反した過激な祭りが多かった。

庭でバーベキューを開いた理由は貧乏神を屋外に出すためだけではない。宴や祭りを好む愛比売命を誘い出すためでもあった。

当初、このバーベキューセットは愛比売命の宿泊にあわせて用意したものだ。彼女は建前を気にして旅館に宿泊しても羽を伸ばすことはない。伸び伸びと騒げる環境を提供して、楽しく過ごしていただきたかった。貧乏神の急な来館で計画を変更したが、結果的に最適解となったようだ。

「大丈夫ですよ、愛比売命様。誰もあなたが似合わない――いえ、可愛らしい女子高生に扮して遊んでいるなどと吹聴しません。ここの従業員は優秀ですから」

吹聴したところで、みんな「知ってたよ」と答えそうなのはおいておくとして。

天照の言葉に愛比売命は脱力して肩を落とすが、次の瞬間には開き直った様子で首を横にふっていた。

「嗚呼っ、もう！　こうなったら、バイブスあげていくしかないっしょ。吾にも、ご飯ちょうだいっ！」

自棄《やけ》になったと言いたげに、愛比売命は近場にあった紙皿を引っつかんで、九十九に突きつけた。

「はい。愛比売命様……いいえ、ツバキさん。お魚がいいですか？　お肉も焼けていますよ？」

「もち、肉よ。フォトジェ肉《ニック》な感じでよろしく！」

「かしこまりました」

九十九は注文通り、皿に肉を盛っていく。

内心では「フォトジェ肉って、なに？」と思ったが、そこはフィーリングでカバーする。要するに、インスタ映えするようにガンガン山のように盛れということでいいのだろう。たぶん。

九十九が「フォトジェ肉……フォトジェ肉……？　フォトジェ肉、かな？」と疑心暗鬼になりながら無心で肉を盛っていると、愛比売命が視線を皿から外していた。

視線の先には貧乏神。

「神社の神様も大変だねぇ」

貧乏神の態度は軽薄でつかみどころがなかった。

だが、風呂あがりに遭遇したときと空気が違うように感じる。

「イキってんじゃねーよ。貧乏うつさないでよね。宴の席では二回も言いたくないから、これっきりにしといてあげるけど」

愛比売命の態度はわかりにくいような、丸わかりのような。しかし、素直ではない人間はたくさんいる。神である彼女でも似たようなものなのだろうか。

神様は人には理解できない思考や感性を持っているが、人と通じる部分も大いにあるのだ。

だからこそ、この湯築屋が成り立つ。

九十九には、今はそう思えた。

「わーお！　これエモい。熱い、熱いよ。激熱だよ！　若女将には、熱盛《あつもり》スタンプあげちゃうね」

「は、はい。ありがとうございます」

九十九が盛った山のような焼肉を見て、愛比売命は親指を突き立ててきた。

「そうだ、これインスタに載せるね」

それにしても、ＪＫモードの愛比売命のテンションにはどうにもついていけない。

九十九だって現役女子高生なのに。ＪＫなのに。アオハル真っ只中なのに。田舎だからか。田舎だからなのかな？　都会の「イマドキＪＫ」という人種は、みんなこういうものなのだろうか。だとすると、結構怖い。

「あれ？」

ＪＫツバキさんモードに辟易《へきえき》している九十九の視界が歪む。足元がフワッと浮きあがる感覚がして、気がついたら身体がうしろへ傾いていた。

「危ないな」

酔いは覚めたと思っていたが、そうでもなかったらしい。

ぶり返すような酒酔いの感覚に、九十九は抗うことができなかった。とてつもなく眠い。

身体がフワリと浮くような、同時にすごく重くもあった。

「まったく、無茶をする」

温かく包まれる感触と、困ったような声。覗き込んで見下ろす琥珀色の瞳と、肩からこぼれる白銀の髪束が九十九の頬に落ちる。

シロ様の顔、こんなに近くで見るの久しぶりかも……。

九十九は安心して瞼を閉じた。

4

わたし、たぶん酒癖悪いタイプだわ。間違いなく。

座敷で目を覚ました九十九は、冷静に自分のことを分析していた。

「うっ……」

頭がガンガンするし、気分が悪い。

吐くほどでもないが、胃から上がムカムカするし、頭もズシンと重たい……これが二日酔いかと、初めての体験に戸惑った。

昨日はお客様として訪れた貧乏神のためにバーベキューを開催した。

九十九の狙い通りに愛比売命も乱入して——ここまでは覚えているが、その先はよくわからない。どのようにして、自分の部屋に戻って布団を敷いて寝たのだろう。

思い出せない……思い出せないが、最後に見た記憶を辿ると、顔が赤くなっていく。

部屋まで九十九を運んでくれたのは、たぶん、シロだ。

倒れる九十九を抱き留めてくれたことを、薄《うっす》ら覚えている。その後、お姫様抱っこで揺られて歩いたような、それは夢だったような……とにかく、あやふやだ。

「わたし、なにもしてないよね？」

急に不安になってきた。

あまり覚えていないとはいえ、身体が温かくなって地面の石に額をこすりつけていたような……着物だったのに、恥ずかしい。

「シロ様、なんて言うかな。いやいや、それよりお客様の前で、あんな……」

おぼろげな記憶の中で唯一、鮮明なのはシロがいつもまとっている匂いだけ。松山あげのほんのり甘いけれど香ばしい匂い。甘いが、とても淡くてあいまいな記憶。

「失礼します」

九十九が一人で慌てふためいていると、襖の向こうから声が聞こえてきた。

「は、はい⁉　どうぞ⁉」

とっさに返答してしまったが、相手が誰かも確認していない。おまけに、九十九はパジャマ姿だ。

九十九は余計に混乱してしまい、布団に潜り込むという選択をした。

「まだ調子が悪いのですか、若女将？」

凛とした声に聞き覚えがあった。

九十九はおずおずと布団から頭を出し、相手の姿を確認する。

「ツバキさん？」

「あ、吾は愛比売命です！」

愛比売命は恥ずかしそうに顔を赤くしながら、そう叫んだ。

真紅の髪に、椿柄の着物。和装に身を包んでいても隠し切れない豊満な胸に、したたかな色を宿す瞳は、まさに美しい姫だ。

そういえば、愛比売命の宿泊は今日までだった。

椿神社へ帰る前に、寝込んでいた九十九の部屋へ立ち寄ったのだろうと当たりをつける。

体調不良といっても、二日酔いなのが申し訳ない。

「とても……」

愛比売命はいじらしく視線を逸らしながら、しかし、はっきりと口にする。

「楽しかったです。それに、美味しかった」

恥ずかしがっているが、その声が満足しているのだとすぐにわかった。

九十九が笑うと、愛比売命もつられた。

「貴女が盛ったお肉、とても美味しかったです。椿まつりが終わったころに、また来ますから今度は若女将とも一緒に食べたい……と、ツバキが言っておりました」

あ、そこは他人の体《てい》なんですね。

思わず突っ込みたくなる気持ちを抑えて、九十九はコクリとうなずいた。

「もちろんです、喜んで！　今度はフォトジェニックなご飯をいっぱい用意して、みんなでパーティーしましょう」

「それは楽しみです。ツバキも連れていきますね」

「是非、お越しください！　いつでもお待ちしております。そして、お客様がゆっくりくつろげるよう、最大のお手伝いをさせていただきますね」

九十九はパジャマのままだが、その場で正座して、ていねいなお辞儀をする。

どんな姿であっても、身体に染みついた若女将の所作は消えなかった。自分でも驚くほど自然な流れである。

「流石は湯築屋の若女将です。商売の女神として貴女と、この宿に加護を授けましょう」

「お客様のご来館だけで充分です、愛比売命様」

愛比売命は凛とした笑みを見せて九十九の額に自分の指を当てた。

なにをするつもりだろう。

九十九が思った瞬間に、愛比売命の指先が金色《こんじき》に光った。

「どこまでも気に入りましたよ。貴女には、吾が加護を与えるまでもないでしょう」

ふわりと風のようなものが薙いだ途端、九十九は異変に気づく。

自分の服がだらしないパジャマから、カッチリとした着物になっていた。髪も一瞬で結いあげられ、折り鶴のかんざしが揺れている。着物は濃紺の落ち着いた色だが、真っ赤な椿の柄がアクセントとしてちりばめられていた。

シロがたまに同じことをしてくれるが、まさかお客様から着せてもらうとは思ってもみなかった。しかも、着物は新品で九十九の所持品ではない。

「加護は敢えて与えておりません。その着物で、また接客してくださいな。約束ですよ」

「……はい！　精一杯！」

愛比売命は満足げに笑って、立ちあがった。

「あの稲荷にはもったいない。吾の巫女になりませんか？」

「それはお断りします。愛比売命様も本気じゃないでしょう？」

「まあ、少しは本気だったのに。いいでしょう……では、また来ることを約束します」

凛と笑う彼女は昨夜のイマドキJKツバキさんとは違うように思われる。

けれども、どちらも同じように美しくて自然体だ。

彼女はただのパリゴなどではない。間違いなく土地に恵みを与え、人に加護を与える女神なのだと改めて思う。

神としての威厳などなくとも変わらない事実だ。

次のお客様はファラオですか、お母さん。

アブシンベル神殿を背景にラクダに乗って楽しむ登季子の写真を眺めて、九十九は頬杖をついた。エジプトのファラオ・ラムセス二世が造った有名な神殿だ。

すべてのファラオはオシリスとなって神格化するという古代エジプトの風習から、だいたいのファラオはお客様候補でもあった。となると、次のお客様は登季子と一緒に写っている褐色でムキムキの好青年――たぶん、ラムセス二世本人か。

九十九も海外旅行をしてみたくなった。いつか、登季子の営業についていってみようかな？

「若女将、天照様宛てにTamazonから荷物が届いているんですが……」

登季子からのメールをチェックしていると、コマがひかえめにチョコンと顔を見せる。天照の部屋を開ける際にはコツが必要だ。コマの苦手とするところなので、仕方がないだろう。

「わかりました。わたしが持っていくから、お荷物を貸して」

「すみません……」

九十九は立ちあがって、着物の袖をまくった。

今日は練習した某ダンス部のバブリーダンスを披露するときだろう。キレッキレのダンスで九十点以上を目指してやろうではないか。

「ふふふ。ふーん♪」

イメトレのために鼻歌を口ずさみながら廊下を歩く。

「おっ、若女将チャン。気合入ってるねぇ」

軽薄な響きの声がする。

ボロボロの革ジャンに壊れかけのサングラス。似合わないシュシュで結びあげた前髪という個性的なルックスも久々だ。

「貧乏神様、どうかしましたか？」

宿泊中は湯築屋の浴衣を着ていたため、名前を呼ぶのが一拍遅れてしまった。こんなに湯あがりビフォー・アフターが違うお客様も、なかなかいないだろう。

「ちょっと見かけたモンで」

貧乏神は極力屋外で過ごすようにしていた。母屋のシロの部屋を客室として用意したが、結局はあまり使わなかったようだ。建物に入るのは温泉を利用するときくらいだった。八雲にハンモックを貸してくれないか頼んだそうなので、きっと、外で寝たのだろう。

「お帰りになられるんですね？」

九十九は察して問う。

「ちゃんとお見送りしますから、玄関へどうぞ」

「見送られるようなモンじゃないんでね。でも、若女将チャンにはあいさつしておきたくてさ」

元々、貧乏神はあまり歓迎された存在ではない。

自身でわかっている故に、見送られずに宿を出ようとしている。

「ありがと。三日間、楽しかったよ」

「いいえ、こちらこそ。満足な対応もできず、申し訳ありません」

「んなことないよ。充分、満足だった。ご飯も美味しかったし、楽しく過ごせた。貧乏神には不相応な好待遇で、感謝してるさ」

言いながら、貧乏神は九十九の前に握った拳を差し出した。視線で「受け取れ」と言っている。

九十九は意味がわからないまま、両手を前に出す。

チャリン。

一枚のコインが九十九の掌に落ちた。裏と表のあるコインを見つめる。

なんの変哲もない十円玉だ。表には数字、裏には京都の平等院鳳凰堂が描かれている。

「貧乏神が転じると福の神になるって知ってるか？」

「……聞いたことなら……」

貧乏神が去ったあとは福の神が訪れる、または、貧乏神を招き入れると福の神に変じる、などという逸話は聞いたことがある。

「きっといいことあるぜ。ギザ十《じゅう》やるよ」

言われた通り、よく見ると硬貨の縁がギザギザだった。されど、なんの変哲もないギザ十だ。愛比売命の着物に比べるとちっぽけだが、九十九としては気兼ねしなくていいので気分が楽だった。

なによりも、道端に生えた四つ葉のクローバーや、財布にギザ十のような小さな幸福の類は心が和む。

「ありがとうございます。大切にしますね」

「大切にするほどのモンじゃあないが……そうさな。俺は貧乏神だが、若女将チャンはきっと福の神になれると思うよ。神ってのは無駄に寿命が長い。気がついたら人の寿命が終わるほどの月日が流れてるんだ。そんな連中が一人の人間が生きている間に何度も来るってのは、君が思っているよりも凄いコトなんだぜ？」

貧乏神はニカッと笑って親指を立てる。

「ありがとさん」

「是非とも。またのお越しをお待ちしております、お客様」

「また来てもいいのかい？　オレは貧乏神だよ？」

「お客様は紛うことなく神様です。湯築屋の敷居を跨ぐ方は、どなた様でもお客様としてお迎えいたします」

九十九はほかのお客様方と同じように、ていねいに頭を下げた。

「じゃあ、お言葉に甘えて、また来させてもらうヨ。若女将チャン」

「はい、お客様！　また会える日を楽しみにしています！」

湯築屋へ訪れる神様は等しくお客様だ。

違いなどないし、区別もない。

九十九は若女将として、いつも通り自分にできる精一杯のおもてなしをするだけである。

5

愛比売命と貧乏神をお見送りすると、一段落した。

愛比売命がくれた椿の着物を着ていると気持ちが引きしまる。やはり、新しい着物というのは気分がいいものだ。

「九十九ちゃん、お疲れ様」

玄関を片づけながら、小夜子が九十九に声をかける。

「ありがとう、小夜子ちゃん。今回は迷惑かけちゃったね」

「ううん、大丈夫だよ。とっても楽しかったし。九十九ちゃんにも見せてあげたかったなぁ……ツバキさんのトリプルアクセル！」

「え、あのあとなにが……？」

「すごかったんだよ！　説明が難しいけど、もう少しでモンスターボックス世界記録いけると思う」

「ねえ、スケート？　跳び箱？　なんの話？」

今、なんの話をしてるんだろう？　そもそも、跳び箱やスケート靴なんてなかったはずだけど⁉

「九十九ちゃん、人生損したよね」

「そこまで⁉」

大人しい性質の小夜子がこんなにニコニコしているので、きっとすごいことが起こったのだろう。残念ながら九十九は、そのとき既に布団の中だったと思われる。

「シロ様も、楽しそうだった？」

つい自然な流れで、九十九は聞いてしまう。

「シロ様は九十九ちゃんをお部屋に連れていってから、帰ってこなかったよ。ずっと一緒にいてくれたんじゃないかな？」

「え」

そんなに楽しげなことがあったなら、シロもその場にいたかっただろうに。意外だと思いつつ、「そっか」と受け入れる自分もあったのが不思議だ。

「九十九ちゃん、大事にされてるんだね」

「それは、そうかもしれない、けど……」

シロは九十九を大事にしてくれている。

いつも九十九が逃げてしまっているけれど、スキンシップが過剰で寂しがり屋だ。なにかあったら必ず助けてくれるし、わがままを言えば見守ってくれる。

きっと、甘やかされているのだという自覚が、九十九にはあった。

「でも、わたしは……シロ様のこと全然わかってないし……」

「充分、仲良さそうだよ？　この前も言おうと思ったんだけど……」

口ごもる九十九を小夜子が心配そうに覗き込んだ。

「私も九十九ちゃんのこと全部知らないよ。こんな風に話せるようになったのも、ついこの間だし。九十九ちゃんは立派な巫女だけど、私はおちこぼれの鬼使いで……九十九ちゃんは私のことまだ全然知らないし、私も九十九ちゃんをよく知らないと思う。そうじゃない？」

小夜子はそう続けながら、背中のうしろで手を組んでみせる。

仲居用に用意した臙脂色の着物が揺れて、可憐だと素直に見惚れてしまう。ここへ来たときの、おどおどした小夜子などより何倍も魅力的だ。

「それでも、私は九十九ちゃんのことを友達だと思ってるよ。九十九ちゃんは、違う？」

問われて、九十九は慌てて首を横にふった。

「ううん。わたし、小夜子ちゃんのこと友達だと思ってるよ！　そんなことない！」

即座に否定すると、小夜子は待っていたとばかりにうなずいてくれた。

「人と神様なんて関係ないって、私は思う。人と人だって、わかりあえてないこと多いじゃない？　だから、喧嘩したり仲直りしたりするわけで……私と蝶姫も、そんな感じだよ。特に蝶姫は素直じゃないから大変」

「そう、なの？」

「そうよ。愛比売命様だってあんなに楽しそうに遊んでいたけれど、最初から最後まで貧乏神様のことは嫌いだったでしょ。たぶん、一生わかりあえないと思うよ。それでも、また同じ席についたら楽しくお酒を飲むんだと思う」

平然と笑う小夜子のことを、九十九はぼんやり見つめてしまった。

とても大切なことを言っている気がするのに、頭に入ってこない。けれども、内容はすんなりと胸の奥へと染みていく。

わかりあう必要はない。

とても簡単なのに、とても難しい言葉のように思えてしまう。でも、胸が落ち着いていく。

「そんな気負わなくていいんじゃないかな。九十九ちゃんは、すごく一生懸命で真面目だから」

真面目なんかじゃない。九十九は心の中で反論した。

だって、シロは九十九をとても甘やかしている。それなのに、なにも応えることができないし、そうしようともしていない。

ただ、シロのことを知りたいなんて不満ばかり思っている。

ああ、でも。

小夜子に言われて、今はとてもシロに会いたいと思っている。

話すことなんてなにもないのに、無性にシロと会いたかった。

「小夜子ちゃん……あ、ありがとう……」

いつもより歯切れが悪くなってしまう。

小夜子はうなずきながら、「早く行ってきて」と言ってくれる。気持ちがすべて筒抜けなのか、小夜子は自分が思っている以上に九十九のことを理解しているのか。あるいは、両方か。

居ても立ってもいられず、九十九は旅館の中へと急いだ。

最初はパタパタと、次第に慌ただしく歩幅が広がっていく。着物のせいで速くは走れないが、裾を指で少し持ちあげるとマシになる。

「わ、若女将っ⁉　どこへ……」

「ちょっと言いたいことがあるから！」

すれ違ったコマが九十九の様子に驚いている。

うしろに過ぎ去った「誰にですかっ⁉」という声を無視するのは心苦しかった。あとで弁明しておかなくては。

湯築屋の中は思いのほか広い。三階建ての近代和風建築の本館に加えて、長い渡り廊下の先には母屋がある。庭はもっと広大で、城山広場くらいはあるのではないかと言われている。サッカーも野球も遊びたい放題だ。

シロは気まぐれでどこにでも行く。

しかし、気がつけばそこにいる。

わざわざ探すことなど滅多にないため、九十九は途方に暮れてしまった。

「ああ、もう。こういうときに限って！」

いざと言うときに、どこを探せばいいのかわからない。

本当に九十九はシロのことを知らない。理解していない。それでも、懸命にシロの姿を探した。

いつものように客室でテレビを見ているのかな？

松山あげをつまみ食いするために厨房に寄っていないかな？

お庭で昼寝でもしてるかな？

押し入れの中かな？

池で泳いでない？　流石にないか。

「はあ……はあ……」

――シロ様は、ずっとここに住んでいるの？　いつから？

――さみしくないの？

ずっと昔。

本当に幼かった時分の九十九は、こんな質問をしたのを思い出す。

まだ小さな九十九を膝の上に抱えて、シロは湯築屋を眺めていた。大きな樹の上で。たぶん、冷たくない白雪が舞っていた。

それは広い湯築屋の庭の中でも、一番高い場所だった。季節によって木の種類は変わるが、そこにはいつも大きな樹がそびえている。

湯築屋の中がよく見える樹の上に、九十九の探しものはあった。

「シロ様、探しました……！」

息を切らせて走ってきた九十九を、シロが意外そうな顔で見下ろす。

「九十九？」

白い雪が積もる大きな枝の間から見え隠れする藤色の着流し。絹束のような白髪が雪の色と同化してしまいそうだった。

つい見惚れてしまいそうになるが、頭を横にふって切り替えた。

「探さずとも、呼べば出向く」

息を切らす九十九に、シロは思いのほか冷めた視線を向けていた。

一瞬、咎められていると思ったが、具合が違うようだ。

「九十九が儂を探すなど、甚《いた》く珍しいではないか」

九十九がシロを自分から探すことは珍しい。

どうやら、シロは怒っているのではなく困惑しているのだと気づいた。

「だって、シロ様はいつもおそばにいてくださいますから。探す必要がないんです」

「そうだったか?」

「ええ、記憶にありませんか?」

「……確かに、そうかもしれぬ」

九十九に言われて、シロは初めて理由に気づいたようだ。

結界の外にいるとき以外、シロは九十九と四六時中一緒にいる。当たり前のことすぎて忘れていたようだ。九十九もシロの居場所を探しているときに、初めて気づいた。

「シロ様、そっちへ行ってもいいですか?」

九十九は言うが早く、襷で着物の袖をまくりあげた。木登りなんて何年もやっていないが、大丈夫だろう。

「客から授かった着物を汚す気か？」

「わっ」

勢いよく樹に飛びついたところで背中が引っ張られ、身体がフワリと浮いた。慌てて背後を確認すると、大きな枝がグニャリと曲がり、腕のように九十九をつかんでいるではないか。

九十九の身体は宙吊りになった。

「……仰る通りです。すみません……」

せっかく愛比売命からもらった着物を台無しにするわけにもいかない。シロに窘められるなんて珍しい。それくらい、九十九は気持ちが急《せ》いていたのだと思う。

「それで？　そなたが儂を探すなど余程のことがあったか……まさか、貧乏神が此処に住み着くなどと言いはじめたか？」

「違いますよ」

枝がシロの隣に九十九をチョンと乗せてくれる。

見回すと、思いのほか近くに湯築屋の建物が見えた。幼いころに見た景色よりも小さく思えるのは、九十九が大きくなったからだろうか？

「シロ様に会いたかったんです」

「？」

普段の九十九は絶対にこんなことを言わない。シロは訝しむような目つきで九十九を眺めるばかりで、言葉を継げないようだ。

九十九は深呼吸しようとしたが、上手く呼吸ができない。こんなことは初めてだったが、今伝えたいことをそのまま伝えてしまいたかった。そうしないと、たぶんずっと後悔する。

シロにはいつでも会えるけれど、今、伝えたいのだ。

「わたし、シロ様に寂しい思いはさせません」

昔、ちょうどこの場所で九十九は、シロに寂しくないかと問いを投げかけたことがある。

そのときのシロの答えは覚えていないけれど、九十九は九十九なりの答えを出した気がする。

「わたし、シロ様のこと全然理解してない駄目な巫女ですけど……努力はします。とりあえず、お野菜をいっぱい食べようと思うのと、良質たんぱく質も大事なのでお豆腐、あと必須アミノ酸も必要だからお魚と……」

「先ほどから、なんの話をしておる？」

「健康グッズも使ってみます！」

「……要するに、長生きしてくれると言いたいのか？」

話が上手くまとまっていなかったらしい。

シロが要約してくれた内容に対して、九十九はコクコクと首を縦にふった。その様がおかしかったのか、シロは「ぷっ」と噴き出す。

「人は変わっていくと言うが、九十九はいくつになっても変わらぬな」

「へ？」

なんのことだろう。

九十九は両目をパチクリ見開いて、シロの顔を見つめた。そんな九十九に応えるように、シロは神秘的な琥珀色の瞳を細める。

おもむろに指が髪に触れ、優しくなでた。悪い気はしない。むしろ、くすぐったくて心地よいと感じる。

「いつかここで、九十九は儂に寂しくないか問うたことがあった」

「……なんとなく、覚えてます」

シロも同じことを思い出していた。

そう考えると、嬉しいような、恥ずかしいような気持ちになった。

「儂はずっと此処に住んでおるし、もう慣れたから寂しくない。お前たち湯築の人間がいてくれるから充分だと答えたかな」

「そうでしたっけ？」

「そのときも、九十九は同じように『健康して長生きするから、ずっと九十九をお嫁にしてください』と言っておっただろう？　覚えておらぬか？」

「そう、でしたっけ？　わたし、そんなこと言いましたか？」

「もう少し子供らしい言い回しだったと思うが、ほとんど違《たが》わぬと思う」

覚えていないが、言われてみればそんなことを言ったような気もしてきた。記憶が鮮明に蘇ってきたのか、今の話からそれらしい場面を頭の中で想像しているだけなのか定かではないが、ぼんやりと浮かんでくる。

「……恥ずかしい」

「恥ずかしいのか？　何故《なにゆえ》？」

シロは心底不思議そうに問う。

「わざわざ、そんなことを言いにきたのか？　一度言われれば充分だが」

「だから、それが恥ずかしいんですってば！　口にして言わないでもらえます⁉」

あれは何歳のことだっけ。五歳とか六歳じゃなかったかな？

正直、そんな子供のころのことなど正確に覚えていない。

「それで。どういう理由で、そのような話を？」

もちろん、九十九が言いたかったことは、それだけではない。シロは理解していたのか、九十九が話しやすいように優しく聞いてくれる。その表情が柔らかくて、子供のころから一緒に過ごしているシロと、変わらないのだと実感した。

「それは、ですね……わたし、随分とわがままなことを言ったと思うんですけど……あきらめました」

九十九もコホンと咳払いして話題を切り替える。

「わたしが欲張りでした。シロ様のことが知りたくて、焦ってあんなこと……信じられないなんて、言ってしまってすみません。たぶん、シロ様に隠し事をされて面白くなかっただけなんです」

「……それは、儂が――」

「わたし、待ちます。シロ様が話してくれるまで待ちますから。できるだけ長生きしながら待ってます。きっと、大人になったら今わからないことも、わかるようになると思うんです。だから、待ちます」

わかりあう必要なんてない。

でも、わかりあえるなら、わかりあいたい。

一緒にいれば、いつか話してくれるかもしれないし、今わからないことが理解できるかもしれない。価値観だって変わっている。もしかすると、今ほど気にならなくなるかもしれない。

これが九十九の出した答えだった。自分なりに考えて、待とうと思った。

九十九はわがままだから。

知りたいことを知らないままになんてしておけない。

「わたしもいい巫女に……妻になろうと思いますので、それまで待ってもらってもいいですか？」

途中で恥ずかしくなりながら、言葉を萎《しぼ》めていく。

お客様たちから若女将として認めてもらっているけれど、巫女としても、妻としても未熟だ。きっと、シロに迷惑をかけている。甘やかされてばかりで、少しも応えることができていない。

虫のいいことを言っているのは、わかっている。

「儂はそなたが生まれたときより、ずっと待っておる。待つのは慣れた……だが、九十九がそのような要望を口にするのであれば、儂のほうからも頼まねばなるまい」

シロの手が九十九の肩に伸びる。グッと身体を引き寄せられて、湿っぽい吐息が九十九の鼓膜を揺らす。

「待たれていては、必ず話すしかあるまいよ……今すぐ話せぬことを赦してくれるか？」

いつ話すとも約束はしてくれないけれど、九十九にはシロが嘘をつく気がないことがちゃんとわかった。きっと、話してくれる。

本当は今すぐ聞きたい。

シロ様はどうして、結界の中にいるの？

五色浜で助けてくれたのは、本当にシロ様じゃなかったの？

シロ様はどんな人を愛してくれたの？

わたしのことは――。

「どうした。いつになく顔が赤いではないか？」

変なことを考えていたからか、久々に密着したからか、九十九は自分でも顔が赤いことを感じとった。ほてる頬に冷たい手を当てようとするが、シロが九十九の手首をつかんでしまう。

その顔がニヤリとしていて嫌味に見えたが、背後で大きな尻尾がモッフモッフと揺れているのを感じて冷静になった。これはシロが嬉しいときの表現だ。

「昔のように、膝の上に乗るか？」

「け、結構ですっ。わたし、重くなりましたので！」

「遠慮するな。儂がちゃんと捕まえておく」

「もう子供じゃありませんからっ」

あ、コイツ調子に乗っているな。

九十九はここ最近、シロとどうやって接すればいいのかわからなくなっていたが、スウッと以前の感覚を取り戻していく。まるで、記憶喪失から復活したような気分だ。

「照れずともよい」

「…………」

蜂蜜みたいに甘い声で囁きながら、シロは尻尾を太い枝にブンブン打ちつけている。

お楽しみのところ申し訳ないが、九十九の身体は条件反射のように動いていた。

「いい加減にしなさーいっ！」

抱きついてくるシロの身体をタイミングよく押して重心をずらした。すると、面白いほど呆気なくシロの身体はスルリと傾き、重力に従ってスッテーンと樹の下へと落ちていってしまう。

「はあ、すっきりした」

九十九は満面の笑みで、悔しそうに腰を押さえているシロを見下ろすのだった。

終．日々のまにまに

トットットッ。

トテトテト。

自分が廊下を歩くと、毎度、そんなリズムの音が聞こえる。

コマは頭の上にTamazonの段ボール箱を乗せたまま、廊下をトテトテと歩いた。

「お荷物っ、お荷物っ！　お客様のお荷物っ！」

四国と言えば、狐よりも狸が幅を利かせていた。

伝承でも、人を騙して困らせていた狐たちに対して、弘法大師《こうぼうだいし》が追放を言い渡した、などというものがある。四国では、あらゆる業績や根拠を弘法大師に結びつける傾向にあるため、派生した民間伝承らしい。伝承とはいえ、酷い話だ。

化け狐よりも、化け狸の話が多く、稲荷神社の分布も比較的少ない。野生の狐の数も多くはなかった。

そんな事情も関係あってか、なくてか、稲荷神白夜命に仕える化け狐の眷属はあまり多くない。その眷属たちの中でも最も力が弱く、人に化けることもできないコマは、白夜命の庇護のもと結界の内側で旅館の仲居として働いているのであった。

「八雲さぁん。若女将は、まだお帰りではありませんか？」

ちょうど、番頭の八雲とすれ違ったため、コマはチョンとつま先立ちをして存在をアピールした。二本の足で歩くとはいえ、姿は子狐だ。身体の小ささ故、人の視界に入るには一工夫必要になってくる。

「若女将なら、まだ帰ってこないと思いますよ」

八雲はていねいに膝を折って、コマと視線をあわせてくれた。彼は、いつも穏やかで優しい。人間の言葉で、こういう人を「紳士」と呼ぶのだろう。なにもしていないのに、頭をなでられると嬉しくて尻尾が横にブンブン動いてしまう。

「がんばってくださいね」

「はいっ」

労いの言葉をかけられて、コマはフンッと気合を入れた。

若女将がいないのならば……この荷物をお届けするのは、コマだ。

「お荷物っ、お荷物っ」

コマは頭の上に段ボール箱を乗せたまま、器用に臙脂色の袖をまくりあげる。しかし、上手くいったと思った矢先に、頭の上から段ボール箱が滑り落ちそうになってしまった。慌てて受け止めると、せっかくまくった袖がズルリと落ちる。振り出しに戻った。

コマは気を取り直して、段ボール箱を落とさないように荷物のお届け先——岩戸の間へと向かった。

　待ち構えるのは連泊中のお客様、天照大神だ。

　部屋の前で踊り、合格点を出さなければ客室の扉は開かない。

「天照様、お荷物をお持ちしましたっ！」

　コマは足を肩幅に開いて、声を精一杯張りあげた。緊張しないようにピンッと背筋を伸ばして胸を反らす。エッヘンと、少しばかり威張ったポーズに見えるかもしれない。

　すると、客室の扉が少し開いた。お客様がコマを見ていると思うと、途端に頭が真っ白になる。

「つ、つ……月がぁ！　出た、出た！」

　緊張で上ずった声を出しながら、コマは必死に踊る。最近のアイドルソングなどわからないので、以前に九十九から教えてもらった盆踊りだ。

「月がぁ出たぁ、あ、よ、よいよいっ……きゃんっ」

　四苦八苦しながら踊っていると、右足に違和感。不自然に足首が曲がって軸がズレていた。踊りながら自分の尻尾を踏んずけてしまったのだと気づいたのは、コテーンと視界が反転したあとであった。

「いったたた……」

「……二十九点。不合格ですわ。曲のセンスもイマイチです。冬に盆踊りなど、季節を考えてくださいな」

部屋の中からシレッと冷たい声が聞こえた。扉が閉まる音が無慈悲に響く。コマは脱力して肩を落とした。いつの間にか、横に置いていた段ボール箱は消えている。天照が神気を使って回収したのだろう。

合格点に達しない場合、荷物は無言で消えてなくなっている。本当は踊る必要などないのかもしれないが……自分の尻尾を踏んで滑って転んで二十九点という結果に、コマは素直に落胆した。

「うう……またダメでしたぁ……」

コマはガックリと尻尾を垂らして廊下をトボトボと歩いて戻る。

「ただいまー！」

すると、従業員用の勝手口のほうから元気のいい声が響いた。

コマはすぐに顔をパッとあげ、歩調を速める。

「若女将っ！　若女将っ！」

目立つように、ぴょっこぴょっこと飛びあがりながら、コマは帰宅した九十九に声をかける。

「そんなに急いで、どうしたの。コマ？」

別に急いでいるつもりはないが、九十九にはそう思われたらしい。トトトッと、走っているように聞こえる足音のせいだろう。

「特に用事はありませんが、若女将の顔を見たら元気が出たのですっ！」

「え？　なんか、照れる」

コマが言うと、九十九は恥じらいながらも頼もしい笑顔を向けてくれる。そんな彼女を見ていると、しょんぼりとしていた尻尾も自然と元気を取り戻した。

九十九はまだまだ若い。それなのに、真面目で仕事はできて器量よし。お客様からの評判もすこぶるよかった。化け狐のコマから見ても、眩しい存在だ。

コマの主であるシロも、九十九のことは特に気に入っていると思う。本人は口に出さないし、他の巫女と同じように扱っているつもりのようだが、コマにはなんとなく彼女がシロにとって「特別なのだ」と、わかっていた。

もちろん、コマも九十九のことが大好きだ。

「九十九、ひぎり焼きの匂いがするぞ」

九十九の隣に、唐突に気配が現れる。慣れているはずなのに、九十九もコマもギョッと目を剥いてしまう。

「シロ様！　驚かさないでくださいよ……顔が近いです！」

九十九が頬を少し赤らめながら、シロを叱咤《しった》する。

「夫婦《めおと》なのだから、これくらい近くてもよいのではないのか？」

「い、いや、でも……！　これから、仕事ですから！」

「仕事の前に、儂と一緒に甘味を楽しんでもよいではないか」

「わたしが買ってきたんですから！　勝手にカバンの中に手を入れないでください！」

神である稲荷神白夜命の妻であり巫女であるのは、大変名誉なことだ。本来なら、九十九の言動は非礼に値するが、なにせシロ自身が赦している。コマが口を出せることでもないし、もう何年も営まれている日常の一部なので、慣れてしまっていた。

「もう！」

九十九は勝手にカバンを探るシロの手をペシンッと払い、自分でひぎり焼きの紙袋を取り出した。

「一個だけですから」

そう言いながら、九十九は渋々と言った表情で、シロにひぎり焼きを一つ手渡している。シロは嬉しそうに尻尾をブンブンふりながら、九十九からひぎり焼きを受け取った。

「お二人が仲直りされたようで、ウチも安心しました」

コマが言うと、九十九が恥ずかしそうに「え？」と声をあげる。

最近まで、シロと九十九の間に不穏な空気が流れていたことは、コマでも気がついていた。たぶん、湯築屋で働く者はみんな同じだろう。そして、同様にみんな心配していたと思う。

若女将の笑顔は湯築屋の看板だ。陰っていると従業員にもお客様にも、よく伝わる。それくらい、湯築屋にとって九十九の存在は大きい。

「若女将、これからもよろしくおねがいします」

コマは九十九に向けて、チョコンと頭を下げた。

その行動に、九十九は目を丸めている。

「いいえ、特に深い意味はないんです。これからも湯築屋と白夜命様のことを、おねがいしたくて」

コマが言いたいことは、おそらく伝わっていない。九十九は、「まあ、若女将だし？」と、不思議そうに、しかし、力強くうなずいてくれた。

「シロ様のお世話は御免なので、もう少し自立してほしいですけどね」

「なんと、九十九。儂は自立した立派な神の一柱ぞ」

「じゃあ、駄々っ子みたいなこと言って、困らせないでくださいよ」

「駄々っ子？　何処が！」

不服そうに口をすぼめるシロに、九十九は冬の空のような寒々とした視線を向けている。

まったくもって、いつも通りの光景。けれども、どこか違う気がする。

前に聞いたことがあった。

人は成長する生き物だと。

特に代わり映えのしない日常を刻んでいるように見えても、日々、どこかで変化している。昨日とまったく同じ自分はありえない。だからこそ、不完全で面白いのだと。

九十九も以前と同じように見えて、少し違うということだろう。

「はい、コマの分もあるよ」

九十九はおもむろに、コマの前にひぎり焼きを一つ差し出した。コマにとっては、少々大きすぎる甘いお菓子。両手で受け取ると、まだほんのりと温かかった。

「ありがとうございますっ」

コマはニコリと目を細めて、大きなひぎり焼きにかぶりついた。しっかりとした生地に包まれた、つぶあんの甘みが口いっぱいに広がる。身体の割合に対して大きめの尻尾がモフリと揺れて、臙脂色の着物にこすれる。

湯築屋の日々は今日も変わらない。

けれど、日々、成長している。

明日の湯築屋がよいものになるよう、コマも成長しようと思うのだった。

◆この作品はフィクションです。
実在の人物、団体などには一切関係ありません。

双葉文庫

た-50-01

道後温泉《どうごおんせん》 湯築屋《ゆづきや》
暖簾《のれん》のむこうは神様《かみさま》のお宿《やど》でした

2018年8月11日　第1刷発行
2020年4月27日　第3刷発行

【著者】
田井《たいの》ノエル《える》
©Noel Tai 2018
【発行者】
島野浩二
【発行所】
株式会社双葉社
〒162-8540 東京都新宿区東五軒町3番28号
［電話］03-5261-4818(営業)　03-5261-4851(編集)
www.futabasha.co.jp
(双葉社の書籍・コミックが買えます)
【印刷所】
中央精版印刷株式会社
【製本所】
中央精版印刷株式会社

【表紙・扉絵】南伸坊
【フォーマット・デザイン】日下潤一
【フォーマットデジタル印字】恒和プロセス

落丁・乱丁の場合は送料双葉社負担でお取り替えいたします。
「製作部」宛にお送りください。
ただし、古書店で購入したものについてはお取り替えできません。
［電話］03-5261-4822(製作部)

定価はカバーに表示してあります。
本書のコピー、スキャン、デジタル化等の無断複製・転載は
著作権法上での例外を除き禁じられています。
本書を代行業者等の第三者に依頼してスキャンやデジタル化することは、
たとえ個人や家庭内での利用でも著作権法違反です。

ISBN978-4-575-52140-5 C0193
Printed in Japan